DU SANG SUR LES ROSES

ANDRÉ DELABARRE

DU SANG
SUR LES ROSES

FAYARD

Le Prix du Quai des Orfèvres est décerné chaque année sur manuscrit anonyme, par un jury présidé par M. le Directeur de la Police judiciaire de la Préfecture de police, 36, quai des Orfèvres. Il est proclamé par M. le Préfet de police.

Novembre 1998

*Il n'est aucun crime dont je
ne m'estime capable.*

GOETHE

J'ai trop longtemps pensé que le crime était réservé à une élite de la violence. Lourd héritage d'une éducation judéo-chrétienne mal assimilée qui s'était efforcée de dresser une barrière entre les bons et les méchants, entre le blanc et le noir, comme si le gris n'existait pas.

Des années de métier n'étaient pas parvenues à ébranler cette notion absurde de prédestination criminelle. J'appartenais au troupeau de moutons dociles, sans pour autant tendre le cou pour me faire saigner. La chasse aux loups était du ressort des plus courageux béliers, garants de la sécurité de tous.

Demain, pourtant, je vais tuer !

Sans excitation particulière, calmement. Comme une chose mûrement réfléchie, savamment préparée. Parce qu'il n'y a pas d'autre solution !

La vengeance m'appartient, a dit le Seigneur.

Soit, je vais égaler Dieu...

I

Deux phares avaient balayé la façade du manoir.

— Ah! Le voilà quand même. C'est pas trop tôt! Sûr qu'en deux ans il aura pas gagné une once de plomb dans la cervelle…

— Ma pauvre Adrienne, cesse donc de geindre. À quoi ça sert, tu veux me dire?

Ernest s'était levé. Il tira machinalement sur les deux pans de son gilet avant de quitter la quiète chaleur de la cuisine. Le hall lui parut déjà glacial.

Il ouvrit la porte. Dans un superbe christiania qui propulsa pas mal de graviers la voiture s'immobilisa au pied des marches. La pluie s'appliquait à tomber maintenant. Il aurait dû prendre le parapluie d'escouade. Il haussa les épaules et s'avança.

— Salut Ernest! Content de te revoir… Tiens, prends les bagages.

— Oui Monsieur, bonsoir Monsieur!

Une silhouette jeune s'était arrachée du monstre dont le moteur venait de lancer un ultime grondement. Le majordome des Hauterives hésita un moment sur l'emplacement de la malle. Sur un second haussement d'épaules il se dirigea vers l'avant et extirpa deux mallettes et un sac de sport tandis que Hugues arrachait de l'intérieur de l'habitacle une jeune personne assez court vêtue pour obliger le vieil homme à déglutir de saisissement.

Ils coururent vers l'entrée où les attendait une petite bonne femme.

— Bonsoir Monsieur…

— Bonsoir ma bonne Adrienne!

Hugues imitait parfaitement la cordialité que son grand-père affichait à l'égard du personnel… la sincérité en moins.

— J'espère que tu as prévu du chauffage!

Le ton manquait de chaleur, le hall aussi. Décidément, l'automne s'abattait brutalement sur Hauterives, tel un vol de colverts, pensa Adrienne tout en jetant un coup d'œil en coin sur la nouvelle venue.

— Bonsoir madame, se risqua la jeune personne saisie d'admiration devant les dimensions du vestibule et de l'imposant escalier qui menait aux étages.

— Dès votre coup de téléphone, j'ai préparé la chambre bleue et allumé un bon feu dans la cheminée. Dame, c'est déjà septembre! reprit la cuisinière en négligeant de répondre à cette ras-la-culotte pêchée je n'sais où.

— Bien! Alors fais-nous servir là-haut dès que possible.

— Ça n'attend que vous, pardi!

Elle regagna sa cuisine, maudissant tous ces couche-tard qui trouvent bon de s'impatienter à près de minuit.

Ernest avait monté les bagages. Hugues pressa le bras de sa compagne en direction de l'escalier de marbre monumental qui impressionnait fort la jeune personne.

La chambre bleue acheva de la convaincre qu'elle était bien arrivée au pays des merveilles. Juste compensation pour les derniers kilomètres : un slalom en forêt sur une route luisante de pluie, à une vitesse de dingue. Elle en avait mouillé sa petite culotte !

Monika — Marie-Louise Duchemin dans son village bordelais — n'avait d'yeux que pour la haute cheminée au fronton armorié où se consumaient deux énormes bûches dont les flammes faisaient danser des ombres dans la pièce. Une vaste pièce gainée de bleu, au plafond zébré de poutres habilement décorées de fleurs et d'angelots.

L'argenterie et les cristaux d'une table dressée à quelques mètres scintillaient au rythme des crépitements du bois sec. Ici et là, des lampes tamisaient leur halo de lumière dans le seul but de mettre en valeur un sofa, une commode, un tableau ou un bronze.

Monika en aurait battu des mains. Quelques années d'une amère expérience l'en empêchèrent. Il valait mieux se taire, paraître désabusée. Elle venait à coup sûr de lever un fameux lièvre. En cette période d'ouverture de la chasse, il n'y

avait là rien de répréhensible… Il convenait de jouer serré. Ce client avait de la
classe ! Un vrai gentleman-farmer comme
on n'en voit plus qu'au cinéma. Et encore,
dans les films anglais uniquement.

Peut-être bien qu'il était hanté, ce château ? Ce n'était pas pour lui déplaire. Un
spectre solognot doit bien valoir un fan-
tôme écossais.

Le larbin s'était retiré en prévenant
prudemment qu'il reviendrait pour le service. Aussi Monika se contenta-t-elle de
tendre ses lèvres à son hôte qui venait de
l'enlacer brutalement sur un :

— Alors, ça te convient, mignonne ?

Pourquoi la question se doublait-elle
d'une main aux fesses appuyée, aussi peu
compatible avec le cadre ? Il est vrai que
sa jupe, peu coûteuse en tissu, mettait en
relief des formes sorties tout droit d'un
traité de géomorphologie.

Les aristos n'ont pas que des bonnes
manières ! Elle parvint à se dégager dans
un sourire en minaudant qu'elle allait se
refaire une beauté.

— Tu as raison. Fais-nous donc couler

un bain, en guise d'apéro ! Je t'y retrouve.
J'en ai rêvé durant deux ans...

— On vous avait coupé l'eau ?

— C'est un peu cela...

Son rictus invita Monika à ne pas se
montrer trop curieuse. Elle gagna la pièce
attenante.

Tout aussi impressionnante, la salle de
bains ! Plus grande que la loge qu'elle avait
partagée à ses débuts avec les girls du Diamant bleu. Ce que l'on faisait de mieux en
carrelage et robinetterie dans le style
rétro-cossu. Un vrai stand d'exposition de
Maison française.

Elle ouvrit le mélangeur, dispersa une
poignée de sels de bain dans l'eau
bouillonnante puis, après un court
moment d'hésitation, se déshabilla et
entra dans l'eau. Une mousse généreuse et
odorante cacherait chastement sa nudité.
Pas folle, Monika ! Elle comptait bien ne
rien accorder à la légère. Ce ne serait pas
facile.

Remarque que confirma l'arrivée du
comte Hugues de Hauterives, ainsi qu'il
s'était présenté. Sur un coup de sifflet

admiratif, plus digne d'un fan du PSG que d'un noble fier de son titre, il se dévêtit prestement et se dressa à hauteur de son visage.

Dresser semble le mot le plus approprié car manifestement le représentant de cette illustre famille affichait une virilité que n'auraient pas reniée ses plus lointains ancêtres. Ceux du haut Moyen Âge à en juger par ses manières très éloignées de l'amour courtois cher à Guillaume de Lorris et à nos regrettés troubadours.

Sans plus de façon, en effet, son hôte lui avait saisi la nuque, délicatement mais non moins fermement, dans une manœuvre qui ne laissait aucun doute sur ses joyeuses et plaisantes intentions. Elle n'eut pas le loisir d'ouvrir la bouche pour protester.

Un toussotement discret, derrière la porte, suivi d'un très respectueux « Monsieur est servi » n'interrompit nullement ce jeu, pas plus que la plénitude des facultés du châtelain qui, en veine de courtoisie, lança calmement :

— Merci Ernest ! Vous pouvez disposer... Bonne nuit.

— Bonne nuit, Monsieur.

C'est à cette déférence envers le personnel qu'on juge la classe, la vraie classe ! pensa Monika. En tout cas, ce n'est pas encore cette fois qu'elle serait traitée comme une dame. À moins que de tels assauts ne servent généralement de prélude aux joutes amoureuses aristocratiques ? Noblesse oblige...

Elle soupira et finit par se prêter de bonne grâce au cérémonial des lieux.

*
* *

Les culots de deux bouteilles de champagne débordant du seau à glace et la bouteille de château-margaux échouée à marée basse dans le désordre d'une table abandonnée en plein dessert assurèrent le nouvel arrivant qu'il n'était pas nécessaire de s'occuper de la jeune convive. Cul en l'air, à l'image du dom pérignon, elle dormait profondément, le nez enfoui dans un oreiller moelleux.

Quant à Hugues de Hauterives, il fut long à sortir de ce premier sommeil réparateur. Il ouvrit péniblement un œil, étonné de sentir ses lèvres scellées par une saloperie de ruban adhésif. Il voulut l'arracher : ses mains étaient enserrées par des menottes, les mêmes qu'il avait connues il y a deux ans, lors de...

Il sursauta, pleinement réveillé. Le canon d'un pistolet appuyé au beau milieu de son front le ramena à une prudente immobilité, l'obligeant à loucher. Son regard suivit le bras, déboucha sur une silhouette immobile dont les yeux, sous l'éclat des derniers feux de l'âtre, attestaient seuls un semblant de vie. Il aurait dû moins forcer sur le cognac !

Une torsion des *pinces* l'arracha au puéril espoir d'un cauchemar, le forçant d'abord à s'asseoir sur le lit, à se lever ensuite et à suivre enfin l'ombre qui le menait à la laisse vers la salle de bains. L'ultime vision des rondeurs de Monika ne parvint pas à le consoler. Elle dormait, la garce !

Comment pouvait-on se risquer à le kidnapper au manoir familial comme le vulgaire moutard d'un roi du latex ou du cacao ? Ce n'est pas son vieux qui lâcherait un centime pour le récupérer !

Il n'eut pas le loisir d'envisager une autre explication plus cauchemardesque. La porte de la salle de bains refermée sur eux, son agresseur avait allumé l'éclairage principal et d'une violente poussée l'avait projeté à la renverse dans la baignoire.

Sans une ferme retenue des menottes il se serait écrasé la tête contre le carrelage. Il se retrouva plié, tassé au fond de la baignoire encore humide, plus gêné que dans le plus profond fauteuil qui fait face au bureau de son père. D'autant qu'il était à poil, les pattes en l'air, retenues à hauteur des genoux par le rebord de porcelaine, le thorax comprimé. Avec pour tout spectacle celui de son sexe, misérable larve blanche réduite maintenant à sa plus simple expression.

D'un mouvement d'épaules, il parvint à

se redresser, à lever la tête. Un homme le fixait. Un type qui broyait du noir à en juger par le pantalon, le tricot à col cheminée sous un blouson sport et le passemontagne de la teinte de son moral. Une vraie statue. Un mur de mépris, d'indifférence, n'était le regard dur qui perçait à travers les trous de la cagoule.

À l'humiliation de son inconfortable position se mêlait maintenant la peur, la sournoise peur qui se coulait dans ses veines, tordait ses tripes, gonflait sa vessie, mouillait son front.

Il s'accrocha à ce regard, seul témoin d'une vie intérieure. Il dut baisser les yeux tant il y lut une inquiétante expression de haine. Il chercha en vain à marmonner quelques mots.

Comme pour répondre à son interrogation muette, l'homme arracha son passemontagne. Hugues plissa le front. Les vapeurs de l'alcool et les jeux répétés avec cette petite pute avaient mis à mal sa mémoire. Cette tête-là ne lui disait rien…

En guise de bristol, l'homme tira de sa poche une photo, la brandit devant son visage. Les souvenirs remontèrent à flot tandis que ses artères semblaient se vider de leur sang. Non! Ce n'était pas possible... Il n'était quand même pas venu la venger... pour si peu. Il n'en avait pas le droit. Qu'il le laisse parler, s'expliquer, bon Dieu!

Il secoua énergiquement la tête, s'agita désespérément, balança ses pieds dans le vide. Puis, le souffle court, conscient de l'inutilité de ses efforts, il cessa de lutter. Tel le taureau au moment de la mise à mort.

Lui tenait pourtant à ne pas baisser la tête, à ne pas quitter des yeux son bourreau. Il vit le bras se lever, sentit le contact du silencieux contre son front.

En vain ses yeux s'ouvrirent dans une ultime prière. Une lumière éclatante l'envahit. À peine entendit-il le bruit de l'arme...

Le *poum* d'une dernière bouteille de champ.

II

C'est fait ! Mon bras n'a pas tremblé. Je n'ai éprouvé aucune jouissance coupable pour autant. Un meurtre de sang-froid, rien de plus ! Comme on se débarrasse d'un moustique.

« Il ne ferait pas de mal à une mouche »... disait de moi ma mère. Ce n'est pas une raison pour se laisser dévorer par un insecte diptère qui a choisi de venir souper dans votre chambre !

Pas l'ombre d'un remords. Aucun soupçon de repentir malgré des années d'éducation religieuse. Au plus, l'étonnement que ce soit si facile...

J'ai tué. Je suis capable de tuer. Je m'apprête à tuer à nouveau !

Par souci d'équité, de justice, je suis condamné à mener mon plan dans son *intégralité. Par jeu ? me souffle une voix intérieure. Peut-être aussi, par voie de conséquence. Non pas celui du chat et de la souris, mais le jeu inverse. Je dois éviter de me faire prendre, ne serait-ce que pour aller jusqu'au bout. Il me faut donc, telle la souris des dessins animés, faire tourner gros minet en bourrique.*

L'idée de me jouer des plus fins limiers de la PJ n'est pas pour me déplaire.

Forest n'aimait pas cela. Mais pas du tout. Encore une histoire qui allait faire du bruit, sinon dans Landerneau, du moins à Blois, où il occupait le poste de commissaire à la section criminelle du SRPJ.

Il fallait que cette affaire tombe sur lui, alors qu'il espérait se remettre dans le bain progressivement, après deux semaines passées en paix sur les bords du Lot. Il soupira en reprenant le dossier. Finalement, il n'avait pas lieu de se plaindre : il avait gagné vingt-quatre heures de sursis tandis que la gendarmerie procédait aux constatations d'usage.

Dès la lecture du premier procès-verbal il comprit qu'il lui faudrait marcher sur des œufs, ce qui, en raison peut-être de son poids, n'était pas sa qualité première.

L'arrivée du capitaine de gendarmerie le sortit de ses amères pensées. Ils se saluèrent avec sympathie, ayant eu maintes occasions de se retrouver sur le terrain.

— Salut, Blanchard. Merci d'être venu si tôt.

— Bonjour, commissaire. Alors, on folâtre dans la France profonde pendant que l'on tue les fils de notables dans notre district ?

— Vous savez bien que la police n'est jamais là quand on en a besoin ! On nous a quand même refilé le bébé. J'ai lu votre PV de constatation mais avant de rencontrer le juge d'instruction j'aimerais connaître vos impressions.

L'officier de gendarmerie résuma la situation avec sa concision habituelle, gêné d'être interrompu pour des détails dont il allait justement parler. Sous ses allures bon enfant, le commissaire du SRPJ de Blois devenait vite pinailleur. Il convenait de mettre en place les personnages dans leur décor.

Hugues Jean Marie Desforges, vingt-sept ans, était le fils de Serge Desforges, propriétaire et PDG de la SMPD (Société de mécanique de précision Desforges) créée par le grand-père, Philibert Emmanuel Desforges. Ce dernier se contentait désormais de glaner quelques jetons de présence lors d'assemblées générales d'actionnaires et de somnoler durant certaines séances trop tardives du Sénat.

Hugues ? Le seul héritier. Le représentant de la troisième génération. Celle qui vient à bout des efforts créatifs de la première et de la conduite laborieuse de la deuxième pour réduire à néant des décennies de travail en une vie d'oisiveté. Il n'en aura pas eu le temps...

Des études poursuivies sans trop chercher à les rattraper, un bac obtenu à l'usure, la fréquentation écourtée d'une fac de droit puis d'une école (évidemment supérieure) de commerce. Enfin une nomination à un poste honoraire de direction d'une quelconque filiale déjà condamnée dans le cadre des pertes et profits.

Au demeurant, un garçon sympathique au dire des nombreux tapeurs qui butinaient dans son sillage. Une Porsche, une bouteille de malt hors d'âge à son nom dans chacune des boîtes à la mode entre Orléans et Tours.

— La drogue ? l'interrompit le policier.

— Possible. Nous y reviendrons... Par ailleurs, un amoureux de la nature et de la chasse. Une bonne gâchette, d'après le procureur. Malgré son appartement parisien, il revenait toujours au château. C'est ainsi qu'on appelle le manoir de Hauterives acheté par l'ancêtre, Philibert, et guère plus occupé que le fort de Brégançon.

— Un casier judiciaire ?

— Rien jusqu'en 95, à l'exception de nombreux PV pour excès de vitesse ou taux d'alcoolémie excessif restés mystérieusement sans suite. Jusqu'à l'affaire du viol… avec deux acolytes. Cela s'est passé dans son appartement du XVIe. Grâce à un ténor du barreau il s'en est tiré avec trois ans… Deux pour ses complices.

— Il était déjà libéré ?

— Il venait de sortir deux jours plus tôt de la prison de Bois-d'Arcy après avoir bénéficié d'une remise de peine de douze mois.

— À croire qu'on est plus en sécurité en prison ! remarqua le commissaire.

— Il n'aura guère profité des libéralités d'une justice parfois bien clémente avec certains, ajouta le capitaine.

— Pas de mauvais esprit, de si bon matin, Blanchard ! Et les deux autres, ont-ils été amnistiés ?

— Je… je ne pense pas. Ils ont dû finir leur temps. Ici, on ne connaît que l'un d'eux. Hervé Chappuy, le faire-valoir d'Hugues. Un pique-assiette qu'il aimait présenter comme son secrétaire lorsqu'il se faisait appeler Hugues de Hauterives.

— Mazette !

D'après sa moue, Forest semblait allergique aux titres nobiliaires.

— Palsambleu, manant, vous oubliez que la famille d'un de nos anciens présidents de la Ve République aurait acquis très tardivement le droit d'associer son nom à une terre ! Il faut comprendre cette soif de particule sous peine de passer pour un sans-culotte attardé. Que vont penser vos supérieurs ?

— De Hauterives ou pas, Hugues Desforges va désormais faire passer des nuits blanches au juge Perron, chargé de l'instruction. Il doit être de mauvais poil.

L'officier de gendarmerie crut bon d'ajouter :

— Les Desforges sont des notables influents, bien qu'ils ne résident pas à Bracieux toute l'année. Le sénateur est au mieux avec notre ex-ministre de l'Intérieur.

— Je reçois votre message cinq sur cinq, capitaine. Sachez que j'aurai droit bientôt à un sermon préalable de notre cher juge.

Le commissaire sortit sa pipe, retardant cependant le moment de la bourrer.

— Alors, qu'en est-il des circonstances du crime ?

Le capitaine Blanchard toussota avant de répondre :

— Hugues Desforges est arrivé au manoir vers vingt-trois heures trente, d'après la cuisinière et le majordome. Des domestiques sûrs, au service de la famille depuis plus de vingt ans, ajouta-t-il pour éviter toute question insidieuse. Il était en compagnie d'une fille ramassée au Diamant bleu, une boîte où elle est parfois danseuse, le plus souvent entraîneuse. Une certaine Monika, née Marie-Louise Duchemin. Vous la connaissez ?

— Non. Je n'ai pas encore eu ce plaisir. Une nouvelle peut-être ?

— Ils ont gagné la chambre dite bleue, qui dispose d'une cheminée, car ce soir-là il ne faisait pas chaud. Il pleuvait à verse. Ernest, le majordome, est venu apporter le souper peu avant minuit. Il est formel car il lui tardait de regagner son lit.

— Hugues était donc encore en vie à cette heure-là...

— C'est-à-dire... qu'il ne l'a pas vu. Nos tourtereaux se tenaient dans la salle de bains. Il s'est contenté d'annoncer que le souper était servi. Hugues l'a remercié et lui a dit qu'il pouvait disposer. Le vieux domestique ne se l'est pas fait répéter. Il est allé se coucher, imité par Adrienne.

— Ils habitent le manoir ?

— Oui, dans une aile du bâtiment, ainsi qu'un gardien, chauffeur à l'occasion, et sa femme responsable du ménage, logés dans le pavillon, à l'entrée de la grille.

— Des chiens ?

— Deux dobermans. De ce temps-là, ils ne traînaient pas dans le parc...

— Ont-ils aboyé dans la nuit ?

— Non, mais le chenil, contigu au pavillon du gardien, est à deux cents mètres du château...

— Personne n'a donc rien vu, rien entendu ?...

— En effet ! Le lendemain matin, selon les consignes habituelles, Ernest a monté le plateau. Il était neuf heures. La jeune femme était au lit, tout ensommeillée. Après avoir ouvert les volets, il a cru bon frapper à la porte de la salle de bains pour annoncer le petit déjeuner. N'obtenant pas de réponse, il a fini par ouvrir et découvrir le corps de son jeune maître recroquevillé dans la baignoire. Il ne s'en est pas remis...

— Son patron non plus, avança Forest entre ses dents.

— Dès l'appel téléphonique, nos hommes sont intervenus rapidement. Ils n'ont découvert ni arme ni effraction apparente. Les spécialistes n'ont pas terminé leurs investigations. Vous trouverez les premières constatations du médecin légiste et de la balistique dans le dossier.

— Des traces autour du domaine ?

— Oui, trop nombreuses en raison des cueilleurs de champignons et des chasseurs. En cette saison... Plusieurs empreintes de pneus ont été relevées.

— Et la jeune femme ?

— Au bord de la crise de nerfs à son réveil. Elle est en garde à vue. Elle affirme qu'elle a dormi comme une masse après un souper copieusement arrosé et…

— … quelques exercices d'assouplissement.

— Affirmatif! Aussi elle ne se souvient de rien.

Forest fit la moue.

— On la voit difficilement tuer son hôte, se débarrasser de l'arme puis se recoucher tranquillement dans l'attente des croissants du matin…

— En effet, d'autant qu'elle ne le connaissait pas avant leur rencontre dans la boîte de nuit. Ce sera facile à vérifier. Tenez-vous à l'interroger?

— Oui, par acquit de conscience, avant de la relâcher… Certains détails peuvent lui revenir, les brumes du champagne estompées.

L'officier de gendarmerie opina de la tête, satisfait de constater que le policier du SRPJ ne prétendait nullement faire mieux. À titre de récompense, il ajouta un dernier détail sans grande importance :

— Comme vous le lirez dans le procès-verbal, la victime, bizarrement, tenait une rose blanche à la main.

*
* *

Forest était accompagné de son adjoint, le commandant Bresson, et du lieutenant Crespin, avec qui il aimait se rendre sur le terrain à l'occasion. Le juge d'instruction Perron les reçut dès dix heures. Un homme affable, pressé de voir le dossier clos au plus vite tant le procureur Chauveau, à deux ans de la retraite, se refusait à admettre la possibilité d'un crime dans la propre demeure d'une des familles les plus connues de la région. Son trop plein d'acidité gastrique se déversait sur le magistrat chargé d'instruire une affaire qui mettait la presse en émoi.

Sur le bureau s'étalaient déjà les titres les plus accrocheurs : MEURTRE AU CHÂTEAU, LE CRIME DE HAUTERIVES, LE MYSTÈRE DE BRACIEUX. Et, plus surprenant, celui de *la Nouvelle République* : LE TUEUR À LA ROSE.

Forest jeta un regard suffisamment élo-
quent à Crespin pour qu'il notât de se
mettre au plus vite en rapport avec le
rédacteur en chef du canard. Il s'éclipsa à
la première occasion, tandis que le patron
subissait les conseils du juge.

Bresson buvait de la petite bière. Il
enregistra le ton à la fois courtois et
ferme, le mélange d'inquiétude et de professionnalisme. Il ne s'étonna pas de voir
son supérieur en profiter pour arracher
quelques détails vécus sur la famille Desforges. Le nez du magistrat s'allongea, sa
langue dut tourner sept fois dans sa cavité
buccale avant d'admettre :

— Un exemple classique de ces for-
tunes champignons qui percent, se déve-
loppent et meurent en l'espace de trois ou
quatre générations. La mort de ce malheureux Hugues retardera peut-être le
risque prochain d'hémorragie.

— Il avait des frères et sœurs ?

— Non, c'est là le drame familial ! Le
père n'a pas cinquante ans, mais après
lui... À moins que sa nouvelle jeune

femme lui donne un autre successeur. Jusqu'ici, un seul exemplaire lui suffisait...

— À ce point ?

— Le parfait raté : beau, solide, pas sot... mais plus porté sur la jouissance que sur l'effort. Sa mère l'a trop gâté. Il avait dix-sept ans lorsqu'elle est morte. Ce deuil l'a profondément marqué, accélérant son enlisement... Jusqu'à cette terrible affaire de viol !

— C'est vous qui avez instruit le procès ?

— Grand Dieu, non ! Ce fut du ressort d'un magistrat parisien, l'histoire s'étant déroulée dans son appartement du XVIe.

Au regard du patron, Bresson comprit qu'il lui fallait noter à son tour et souligner *dossier du viol*. L'entrevue s'acheva sur un rappel nuancé de l'influence du sénateur Desforges dans la région. Le calme du commissaire et son regard bleu innocence rassurèrent le juge Perron. Pourtant il ne supportait ni sa tenue négligée ni son odeur de pipe froide. Maigret, c'était périmé !

En sortant, ils avaient découvert Crespin dans le hall.

— J'ai eu le rédacteur en chef de *la Nouvelle République*. Un type sympa. Un coup de fil anonyme, hier au soir, l'a informé que la victime de Bracieux tenait une rose blanche dans la main. Comme il prétendait avoir besoin de preuves pour utiliser ce scoop, il s'est entendu dire textuellement... (Attendez que je me relise...) : « Mon pauvre Fernet, vous avez déjà oublié l'assassinat de maître Praquin, à Tours ? Renseignez-vous. » L'homme a raccroché avant l'enregistrement de l'appel, dont la voix était manifestement déformée. Le rédacteur a vérifié auprès d'une de ses relations de notre antenne de Tours : le notaire a bien été retrouvé une rose à la main.

Forest se gratta le menton :

— Nous avons affaire à un meurtrier coopératif... Ce sont les plus tordus !

Bresson dut les quitter. Il avait organisé depuis plusieurs semaines un flag qui arrivait à maturité. Il ne pouvait le manquer. Crespin resta avec son patron. Ils se rendirent chez leurs collègues de la gendarmerie afin d'entendre le récit de la jeune personne retenue en garde à vue.

Marie-Louise Duchemin, alias Monika pour les habitués du Diamant bleu, rue des Tailleurs (cela ne s'invente pas !), ne leur fut pas d'un grand secours, malgré une évidente bonne volonté. Après s'être désespérée sur sa situation, elle sécha ces pleurs qui rougissent le nez et fit confiance à ce gros policier en civil et à son second qui avait de si jolis yeux.

Non, elle n'avait jamais vu auparavant ce Hugues de Hauterives, ainsi qu'il s'était présenté. Il est vrai qu'elle n'exerçait des « remplacements dans les spectacles de l'établissement » que depuis quatre mois.

Oui, elle avait suivi ce beau garçon en raison d'un « sérieux vague à l'âme imposé par les incertitudes de la vie d'artiste ». Et l'idée de se rendre de nuit dans le château de ses ancêtres était d'un tel romantisme ! D'ailleurs, ce jeune homme avait de bonnes manières... et une Porsche.

Non, il ne lui avait pas raconté d'histoires! Le château était comme au cinéma. Les larbins — pardon, les domestiques — les avaient accueillis avec courbettes, et le souper, dans une chambre avec une cheminée grande comme ça, était inoubliable. Cristaux, nappe brodée, chandeliers, caviar, poule faisane aux morilles...

(Là, le commissaire Forest se sentit un creux. Onze heures dix : ils n'étaient pas près de se mettre à table, eux!)

Oui, elle avait demandé à monsieur le comte — titre qu'elle lui avait octroyé à la fin de la première bouteille de champagne — ce qu'il fêtait. Elle avait été déçue de sa réponse : « Ma sortie de taule! » Comme ça, sans plus de manière... Devant sa mine inquiète, il avait éclaté de rire : « Trois ans! Enfin, deux de tirés... pour le prétendu viol d'une gamine qui y avait pris goût. La salope! »

Monika s'était alors demandé si monsieur le comte était vraiment un gentleman. La bouteille de bordeaux était venue à bout de ses craintes. Hugues de Hauterives se tenait bien à table. (Et au lit, n'osa-t-elle ajouter. Dame, après deux ans de cuisine pénitentiaire... et de chasteté !)

Le dessert... une autre bouteille de champagne... le cognac... Ensuite, elle ne se souvenait plus très bien. (Elle rougit sous le regard ironique du jeune lieutenant qui s'était contenté jusque-là de prendre des notes.) Évidemment que son hôte s'était couché à ses côtés. Elle en était sûre, vous pensez ! Puis elle avait dormi jusqu'à l'arrivée du maître d'hôtel avec le petit déjeuner. Elle qui n'avait pas de chemise de nuit !...

Au cri de stupeur du bonhomme, elle s'était rendue dans la salle de bains. Vous parlez d'un spectacle, monsieur le commissaire ! Pour un peu, de tête, elle ne l'aurait pas reconnu... (Nouveau regard ironique du jeune flic. Il est pénible, celui-là ! Pas mal, pourtant...) Et puis, il y avait cette rose dans sa main. Une rose blanche, alors qu'il n'y avait dans la chambre qu'un bouquet de baccarat d'un beau rouge sombre.

Sur l'assurance qu'elle était libre mais devait rester à la disposition de la justice, ils l'avaient quittée en échange d'un regard éperdument reconnaissant.

Ils avaient enfin trouvé ce nouveau restaurant dont le rapport qualité-prix leur avait été garanti par un collègue. Il était temps ! À jeun, passé midi et demi, le patron était de mauvais poil...

III

La Laguna semblait satisfaite d'avoir quitté les embouteillages du centre-ville, de s'être arrachée au surplace de la rue Denis-Papin et de folâtrer maintenant sur une départementale aux talus mordorés. Le commissaire Forest goûtait paresseusement le paysage tandis que son estomac lui rappelait le fumet du filet de sandre au corail d'oursin accompagné d'un obscur gris meunier de bonne compagnie.

— Bonne cantine, patron! soupira Crespin. On s'en contenterait tous les jours...

Pour toute réponse le commissaire ne put étouffer un borborygme bien involontaire, proche d'un vulgaire rot de brigadier. Il n'aurait pas dû conclure par une mousse aux trois chocolats. C'était trop en un temps si mesuré. La gastronomie ne peut se traiter à la sauvette.

En entrant dans Bracieux, son lieutenant se fit indiquer la route du manoir de Hauterives par un homme-sémaphore dont les gestes des bras, fort expressifs, le confirmèrent dans le bon choix de la direction.

Il avait la pédale douce, Crespin, après le repas, et son patron ne s'en plaignait pas. Le soleil avait bu toute l'humidité de l'avant-veille et les talus moussus aux rousseurs de bruyère invitaient plus à la promenade digestive — voire à la sieste — qu'à la rencontre avec les habitants du château. On prend vite de mauvaises habitudes en vacances ! Pourtant, le conducteur freina vigoureusement : un faisan venait de heurter le pare-brise. Après avoir glissé sur le capot, le malheureux échoua tout surpris sur le bitume. Il se secoua, le temps de retrouver ses esprits, clama son désespoir et reprit sa course zigzagante au beau milieu de la départementale. Amusé, Crespin le suivit au pas.

Il dut finalement se pencher à la portière et crier : « Si t'as des peines de cœur, va te faire pendre ailleurs ! » L'animal, vexé, s'enfonça dans le sous-bois.

— Manquer une de ces malheureuses bêtes gavées de grain et lâchées d'un élevage la veille de l'ouverture doit tenir de la plus inquiétante cécité, remarqua le commissaire au sortir d'une fugace et non moins béate somnolence.

Ils arrivaient. DOMAINE DE HAUTERIVES : l'indication, noire sur fond blanc, marquait l'entrée d'un chemin de terre. La voiture s'engagea dans l'allée bordée de deux panneaux aussi explicites qu'impératifs :

PROPRIÉTÉ PRIVÉE
CHASSE GARDÉE
CHAMPIGNONS INTERDITS

Malgré sa vitesse ralentie, le chauffeur fut rappelé à l'ordre par la pie de service comme ils atteignaient une entrée monumentale.

Au second coup de sonnette, l'interphone grésilla avant d'éructer un « Qu'est-ce que c'est ? » désabusé. Le mot « Police » servit de sésame : la lourde grille s'ouvrit tandis qu'un homme en costume de velours et chemise à carreaux apparaissait en ajustant sa casquette.

*
* *

Le manoir de Hauterives ne pouvait prétendre à son appellation d'origine en raison de sa situation. C'était une gentil-hommière cossue qui, en réalité, surplombait par une pente douce un Beuvron bien paresseux pour une rivière à truites. Une oasis de calme et de verdure en cette fin de septembre aux prétentions aoûtiennes. L'ensemble était bucolique à souhait, sans pour autant devoir rendre jaloux les châteaux renaissants voisins.

Serge Desforges les reçut dans son bureau. Il était le cliché, l'image du che-valier d'industrie comme on aime à les représenter au théâtre ou dans les télé-films. Le genre Jacques François capable de sortir à peine froissé de sous un char Leclerc. Il les accueillit sans état d'âme, pressé d'en finir. À peine les avait-il fait asseoir dans de trop profonds fauteuils qu'il précisait sa ligne de conduite :

— Messieurs, comme je m'en suis entretenu avec l'officier de gendarmerie, je n'ai aucunement l'intention de m'épancher sur le cas de mon fils, qui semble avoir choisi sa fin comme il avait choisi sa vie...

Crespin se mordit les lèvres en pensant à ceux qui avaient la chance de connaître un patron si humain.

— ... Depuis la mort de ma première femme, sa mère, lui et moi avons fait vie à part. Je lui sais gré de s'être tenu à l'écart de la mienne comme je me refusais à être au courant de la sienne. J'ignore donc tout de ses relations.

— Et de ses moyens d'existence ?

Seul un bref battement de paupière marqua son agacement d'être ainsi interrompu en plein exposé par ce commissaire si négligé de sa personne.

— Il disposait d'une partie de l'héritage maternel et d'un poste... honoraire au sein de la société. De quoi lui assurer une douce oisiveté.

— L'avez-vous revu durant ses deux années… d'absence ?

— M'imaginez-vous parmi la foule des visiteurs qui attend de pouvoir entrer au parloir d'une maison d'arrêt ?

Crespin, inconsciemment, secoua la tête. Forest relançait déjà son interrogatoire feutré :

— Qui hériterait désormais de votre fortune et de vos sociétés en cas de décès ?

Il hésita, visiblement irrité, avant de répondre :

— Ma femme.

La question, l'industriel l'avait tournée et retournée, manifestement. Il n'en était que plus irrité. Il consulta sa montre :

— Messieurs, l'on m'attend à Paris. Ma maison vous est ouverte pour votre enquête. Mon majordome vous conduira où vous le désirez…

Il était déjà debout. Les policiers ne purent que s'incliner. Le commissaire crut bon d'ajouter sournoisement qu'à l'occasion il le convoquerait au **SRPJ** de Blois pour plus d'informations.

*
* *

Ernest les attendait.

— Nous aimerions commencer par la chambre...

Il s'inclina et les précéda dans le grand escalier. Il devait souffrir d'un genou et maudire ces marches tant de fois empruntées. Il s'arrêta devant une porte fermée par des scellés.

— Le capitaine Blanchard m'a bien précisé de ne toucher à rien avant votre visite.

Ils entrèrent tandis qu'il restait sur le seuil, le visage consterné d'avoir dû laisser la pièce dans un tel état. Le lit en désordre, la table non desservie, les restes d'un feu de bois traduisaient crûment l'ambiance de la soirée du crime. Ils se contentèrent de jeter un coup d'œil, sachant que les procéduriers de la gendarmerie avaient fait leur travail. Ils attendraient le rapport de la balistique.

Le spectacle de la salle de bains était moins réjouissant. Du sang maculait la baignoire et un trou dans le carrelage, à une dizaine de centimètres du rebord, attestait de la position de la tête de la victime, dont le contour avait été tracé au feutre rouge. Crespin crut discerner des fragments d'os et de cervelle. Il se sentit l'estomac tout chose.

Forest parcourut la salle du regard. Aucune autre ouverture que celle donnant sur la chambre, où il revint. Il appela le majordome qui n'osait poser son regard quelque part.

— Lorsque vous êtes arrivé avec le petit déjeuner, la chambre était-elle fermée à clef?

— Oh non! Ce n'était pas le genre de monsieur Hugues... J'ai frappé un moment puis je suis entré.

— Et la fenêtre?

— ???

— Elle était fermée?

— Bien sûr! Ainsi que les volets,

lorsque j'étais venu remettre des bûches dans la cheminée. Il ne faisait pas chaud ce soir-là.

— Et elle était fermée quand vous êtes entré le matin ?

— Oh oui, à en juger par l'odeur…

Il parut gêné de sa remarque et ajouta :

—… du feu de bois… et du cigare.

Sur la table basse d'un sofa, un havane à moitié consumé dépassait d'un cendrier, à côté d'un verre à cognac renversé.

— Le visiteur n'a pu venir que par la porte, conclut Crespin qui avait repris des couleurs.

— Élémentaire, mon cher Watson ! Ernest va donc nous indiquer comment l'on pouvait pénétrer dans la demeure ce soir-là…

— L'on ne pouvait pas… sans y être introduit !

Il s'était redressé, sûr de son fait.

— À l'étage, volets et fenêtres étaient fermés. J'avais également vérifié dans ma tournée la porte d'entrée et celle extérieure de la cuisine. Le manoir est isolé et je contrôle chaque soir la condamnation

de toutes les ouvertures du rez-de-chaus-
sée.

— Y compris celle de la cave ?

Le bonhomme sembla troublé.

— Oui, bien sûr !

— J'aimerais y faire un tour…

Crespin regarda le patron. Qu'avait-il
en tête ? Lui n'avait même pas remarqué
la porte qui y menait. Elle jouxtait pourtant celle de la cuisine. Une lourde porte
de chêne, la clef dans la serrure.

— Elle n'est pas fermée, constata le
commissaire.

Le majordome rougit.

— Pas dans la journée, mais chaque
soir !

— Eh bien, descendons.

Sur un hochement de tête fataliste, le
vieux domestique ouvrit la porte, donna
de la lumière et les précéda, non sans bou-
gonner dès les premières marches de l'escalier de pierre.

Forest tenait à ne pas presser l'allure de
leur guide. Il demanda :

— Les gendarmes sont-ils descendus ?

— Non. Pas encore. Ils se sont contentés de la chambre bleue et des alentours. En ce moment, ils fouillent le parc. Je dois laisser les choses en l'état.

État satisfaisant en ce qui concernait la cave, où régnait l'ordre le plus scrupuleux. Quelques fûts, des bouteilles alignées comme à la parade dans leurs compartiments étiquetés et des claies destinées à recevoir les premiers fruits de l'automne. Un mélange d'odeur de moisi, de vin, de pommes qui fit remonter en surface des souvenirs d'enfance chez le commissaire. Les vacances chez des grands-parents trop tôt disparus. Qui n'a pas connu sa petite madeleine de Proust, sa première gorgée de bière ?

Négligeant sa recherche du temps perdu, il se tourna vers Ernest :

— Existe-t-il une ouverture extérieure ?

— Oui, mais elle n'a pas servi depuis longtemps. Suivez-moi.

Ils s'enfoncèrent sous les voûtes. Le sol était de terre battue, à même la craie tuffeau qui conservait une foule d'empreintes de pas. Ils parvinrent à une lourde trappe inclinée à qurante-cinq degrés. On devait l'utiliser pour descendre les tonneaux par une rampe extérieure.

— Avez-vous une lampe ?

Crespin fut tout heureux de diriger le faisceau de sa torche vers la barre rouillée qui bloquait l'ouverture des deux lourds battants de fer. Qui aurait dû les bloquer, à en juger par l'incision plus brillante dans le métal. Une lame de scie à métaux était parvenue à se glisser et à couper la tige de fer dont une moitié était restée en place sous un battant. L'autre avait glissé du panneau que l'on avait ouvert. Ils la retrouvèrent à l'écart dans la poussière de tuf.

Admiratif, Ernest regarda le commissaire aux allures de Maigret avec les yeux de quelqu'un qui a lu une bonne partie des œuvres de Simenon.

— Dans le mille, patron ! s'exclama Crespin.

— N'exagérons rien. Une simple curiosité atavique…

Son second haussa les sourcils, s'efforçant de se rappeler le sens de cette der-

nière épithète. Le patron avait de ces formules !

— Je suis d'une famille de vignerons de
Cahors : j'éprouve toujours le besoin de
visiter une cave. La curiosité est payante.
Bon ! Ne touchons à rien pour ne pas
gêner le travail des gendarmes que nous
avons précédés.

Ils s'en revinrent par le même chemin.
Une fois dans le hall, Ernest se tourna
vers le commissaire. Il toussota avant de
se lancer :

— Puis-je me permettre une question,
monsieur le commissaire ?

— Bien sûr.

— Comment l'assassin a-t-il ouvert
cette porte de chêne sans laisser de
traces ?

— Très simplement. Dans le meilleur
des cas — ne vous vexez pas —, elle n'était
pas fermée à clef car son importance est
secondaire. Une simple porte intérieure...
Dans le second cas, vous avez laissé tout
naturellement la clef en place, une fois la
serrure fermée.

— Évidemment.

— Regardez le jour entre la porte et la dernière marche, toujours creusée par l'usure. Il suffit d'y glisser un journal et à l'aide d'une pince de faire tomber la clef, si on ne peut la tourner. On tire alors doucement et on la récupère pour ouvrir de l'intérieur. On la remet en place ensuite. Qui vérifiera, dans l'émotion, si la porte n'était pas fermée ?

— Monsieur le commissaire a raison.

Ce n'était plus Maigret qu'il fixait... mais bien Sherlock Holmes.

*
* *

La Renault avait repris le chemin inverse, saluée par la pie de service. Crespin soupira.

— Sommes-nous plus avancés, patron ?

— Pas vraiment, mais tu connais l'ordre des cinq questions vitales : Où ? Quand ? Comment ? Pourquoi ? Qui ? Ce sont toujours les deux dernières qui posent problème... À chaque jour sa peine ! Il fait beau, la Sologne est splendide en cette saison. Que dirais-tu d'une petite marche en sous-bois?

La voiture arrivait à l'intersection avec la route bitumée.

— Tourne à droite et tu prendras, encore à droite, le prochain chemin privé.

Il n'était pas dans les habitudes du patron de « glander », même parmi des chênes, pensa Crespin. La preuve, le chemin les ramenait à l'extrémité du domaine. Le jeune lieutenant ignorait encore qu'il faut laisser du temps au temps, que les fruits doivent mûrir avant de tomber.

Ils longèrent à pied le domaine, s'arrêtant pour observer un passage possible. Ils en trouvèrent un qui donnait sur l'arrière du manoir et permettait d'atteindre la trappe de la cave sans trop marcher à découvert. Ils examinèrent le mur d'enceinte, trouvèrent un éclat de pierre récent avant de constater que les gendarmes avaient effectué un moulage d'empreinte de pneu à quelques mètres.

— Bon! Nous allons rentrer par Chambord. Au soleil couchant, le spectacle est de toute beauté. Puis tu nous ramèneras au bureau du commissaire. J'ai hâte de lire les derniers rapports de l'Identité judiciaire. Et puis, cette histoire de rose me turlupine... Je vais appeler Delbart, c'est lui qui a mené l'enquête à l'époque.

Il s'assit à côté du chauffeur en se frottant les mains.

— Cette petite marche ne peut qu'avoir aidé la digestion. Sais-tu que ma femme m'a promis une surprise pour ce soir? Un sacré cordon-bleu! Il faudra que tu viennes dîner, un de ces jours...

Comment, la quarantaine entamée, échappait-il aux inquiétudes de la surcharge pondérale? Pour Crespin, c'était un mystère aussi pesant que celui de la rose blanche.

IV

Le loup sort toujours du bois. Hervé Chappuy n'y échappa pas. Il eut tort de vouloir assister à l'enterrement d'Hugues, enterrement que sa famille aurait aimé plus sobre. Mais les proches étaient là, et les curieux, et les journalistes, et la police. Et l'assassin, peut-être ?

Cette dernière hypothèse, Hervé l'envisagea trop tard. Il se fit alors discret, à l'image des flics en civil dispersés aux points névralgiques. Par paires, comme les menottes. Il croisa le regard de l'un d'eux qui accompagnait le préfet et reconnut quelques huiles d'après des photos de presse.

À l'abri d'un caveau de famille manifestement jaloux du Panthéon, il assista au lent défilé des « amis de la famille ». Il aurait bien jeté, lui aussi, sa pelletée de terre symbolique dans le trou, mais jugea plus prudent de s'abstenir.

Hugues ne lui en voudrait pas. Il n'était pas du genre formaliste. Sacré Hugues! Ils en avaient fait des virées, ensemble. Pas avare de son pognon, le frère! En échange, c'est vrai, il fallait faire le beau pour avoir un *nonos*, gagner son Canigou quotidien.

Sa fierté, Hervé Chappuy l'avait rangée depuis longtemps au magasin des accessoires. Depuis son échec en fac et ses déboires pour trouver un job, un vrai. Il n'était pas idiot pourtant! Il s'était accroché jusqu'à la licence d'économie, l'avait manquée de peu. Par manque de sérieux, de travail…

Il s'était rabattu alors sur Hugues Desforges de Hauterives, parano comme pas un. Il suffisait d'être son ombre, son faire-valoir. Son «secrétaire particulier» s'il vous plaît! Ne l'avait-il pas utilisé, un soir, à importuner une nénette pour lui permettre d'intervenir et de jouer les héros?

Dans sa fougue, ce con lui avait cassé une dent. Gratos !

Le lendemain, en guise d'excuse, il avait touché un paquet de fric capable d'assurer des vieux jours au reste de sa denture. N'empêche ! Avec cette prémolaire, il avait perdu le reste de ses illusions et de son orgueil.

Putain d'Hugues ! Il avait de bons moments, quand même... Surtout quand il avait bu. Royales, les virées du prétendu comte de Hauterives ! Ils partageaient tout. Les bouteilles, les filles, les chambres de palace et, parfois, le même lit afin de résoudre la quadrature du cercle.

Pourquoi avoir accepté de partager aussi le viol de cette naïve ?

Deux ans qu'il avait tirés ! Et sans remise de peine, faute d'un papy sénateur. Il était sorti du trou il y a quatre semaines. Hassan devait également être libéré.

Deux ans sans nouvelles ! Leur avocat ne tenait pas à ce que son précieux client laisse courir sa plume... Les écrits restent ! Lui s'était retrouvé sans un, sur le bitume. Et juste comme il espérait récupérer son gagne-pain (beurré, avec caviar), Hugues se faisait trucider. Le patronat français se fout du petit personnel!

Mais qui avait pu le buter?

Un compagnon de cellule ulcéré? Un mari jaloux? Son père découvrant qu'il avait couché avec sa jeune femme? Il les voyait mal lui offrir une rose blanche. À moins que ce ne soit un truc de journaliste pour faire du tirage.

Et si?... Le genre vengeur masqué pour feuilleton populaire? Non, ce n'était pas possible. En tout cas, il n'avait plus rien à faire ici. Ce ne sont pas les Desforges qui allaient participer à sa réinsertion.

Encore que... Il avait en mémoire de quoi écrire une piquante biographie du dernier représentant de cette illustre famille. L'unique manuscrit pourrait valoir aux yeux du papiche un substantiel rachat des droits d'auteur. Il verrait. Il y avait là matière à se découvrir des dons d'écrivain sans pour autant briguer un fauteuil à l'Académie française.

En attendant, il fallait parer au plus pressé. Il avait assez d'essence pour rentrer à Paris mais il tenait à s'éviter un péage d'autoroute. Eh oui, il en était là ! Et puis l'idée de se taper la cloche aux frais de la princesse, ailleurs que dans un Restoroute, le séduisait. Le souvenir de sa gamelle remplie d'un infâme rata le poursuivait. Comme le poursuivait l'odeur de soupe et de graillon qui annonçait l'arrivée du chariot à l'heure de la bouffe. Le chef du « quatre étoiles NN » de la maison d'arrêt ne risquait pas de se retrouver dans le nouveau *Gault Millau*.

Il était un des derniers à quitter le cimetière. Un de ces cimetières où il ferait bon vivre tant l'endroit était calme et ombragé. Il n'eut pas de mal à récupérer son tas de ferraille sur le parking. Encore heureux que Lulu lui eût prêté sa caisse, car il avait bazardé son Alfa durant sa détention. De quoi se payer les clopes et les suppléments en tout genre fort appréciés en taule : la vie en compagnie d'Hugues lui avait ouvert des horizons gastronomiques et donné des goûts de luxe. Ces dernières semaines, enfin, avaient mis à mal son pécule.

*
* *

Il reprit la route, en citoyen respectueux des limitations de vitesse. Il n'était que dix-sept heures et il ne pouvait guère se pointer dans un « Gasthaus » avant vingt heures. Il convenait de tuer le temps. Une habitude qu'il avait acquise en taule, faute de pouvoir tuer un maton.

Il s'accorda une première halte en face du château de Chambord. Le soleil lui offrit sa tournée : un ultime éclairage de la forêt de cheminées qui scrutaient l'horizon au-dessus de la mer de feuillage.

La bière fraîche, à la terrasse du Saint-Michel, avait la saveur de la liberté retrouvée. Comme la santé, la liberté on en prend conscience quand on l'a perdue.

À Muides, il retrouva la route d'Orléans. Il emprunta une petite route perpendiculaire au premier hameau, qui, manifestement, n'attendait pas sa visite. Le Cavereau : drôle de nom ! Seul un chien le salua de quelques aboiements enroués.

Il se retrouva sur le chemin de halage de la Loire. Il se gara dans l'herbe, au pied d'une rangée de peupliers, et attendit la tombée du jour, vitre ouverte sur le paysage. Le fleuve descendait son petit bonhomme de chemin, à l'économie, tourbillonnant ici, ralentissant là, au hasard des bancs de sable et de la théorie mathématique de l'écoulement des fluides.

Parfois, un poisson s'attaquait au record olympique de saut en hauteur. À la recherche d'un moustique attardé, ou pour épater ce type arrêté sur la berge, curieusement occupé à regarder de gros nuages rondouillards jouer à saute-mouton ?

Sur une île, inconnue des géographes, un héron (*au long bec, emmanché d'un long cou*) faisait le pied de grue. Des canards se posèrent. Plus près, un castor

— non, un rat ? — plongea, une brindille dans la gueule.

L'ex-taulard se laissa gagner par le tableau. Dans l'éblouissement du soleil couchant, la Loire se prenait pour le Nil ; le tronc d'arbre à la dérive devenait crocodile, la barque, felouque, et lui, Champollion.

Il regretta d'avoir tourné la tête : là-bas, nouvelles pyramides de Khéops, Khéphren et Mykérinos, les tours de refroidissement de la centrale nucléaire de Saint-Laurent-des-Eaux vomissaient leurs colonnes de vapeur. La civilisation était à deux pas.

*
* *

À deux kilomètres, plus exactement. Il arriva à Saint-Laurent à la nuit tombante et choisit pour cible l'hôtel des Chasseurs. Trop à l'écart, une auberge offrirait plus de difficultés.

Il s'arrêta sur la place de l'église. Il revint à pied, consulta l'affichage des

menus en examinant du coin de l'œil l'intérieur de l'établissement et continua sa
promenade apéritive. Il avait vu juste. La
cuisine donnait derrière, dans une rue
parallèle. Une poubelle, au pied d'une
porte de couloir, témoignait d'une activité
débordante, pour la plus grande joie d'un
chien en maraude, comme lui.

Les voitures ne se bousculaient pas
pour stationner. De quoi filer le bourdon
à une rangée de parcmètres parisiens ! Il
retourna chercher sa tire et l'arrêta à hauteur de la poubelle, au grand déplaisir du
cador. Savoir protéger ses arrières : la
règle d'or d'un truand ! Du moins hétéro-
sexuel...

Et comment qu'il voulait un apéritif !
Tant qu'à ne pas payer, autant en avoir
pour son argent. Il choisit ce que la carte
offrait de mieux, de plus cher. Le garçon,
reconnaissant là un bon client, s'affairait.
Il est vrai que la salle n'abritait qu'un
couple de retraités et quelques commerciaux attirés par le panonceau « Étape
VRP ».

Il mangea de bon appétit. On était loin des bonnes adresses d'Hugues mais, au fur et à mesure que le niveau de sa bouteille de chinon 87 baissait, son moral remontait. La loi des vases communicants !

Le vieil alcool de prune servi dans un verre à dégustation baignant dans la glace pilée aiderait à digérer les cuisses de grenouilles trop aillées et le marcassin grand veneur endurci par une longue traque. Seule la tarte Tatin méritait un flocon, faute d'étoile.

Le patron s'incrustait bêtement dans la salle auprès des habitués de la maison. Il fallut l'amadouer, répondre à la sempiternelle question :

— Ça vous a plu ?

— Super ! Il vous reste une chambre ?

C'était, si l'on peut dire, la seconde porte de sortie. Il avait vérifié, en allant aux toilettes, que celle du fond donnait bien sur son carrosse. Mais on n'est jamais trop prudent : deux portes valent mieux qu'une !

— Ah, je regrette. Je viens de donner la

dernière à un « voyageur ». Nous avons une bonne clientèle de commerciaux, en semaine. Je peux vous en retenir une chez un collègue, à Beaugency…

Il n'aurait pas dû refuser et commander une autre vieille prune. L'instauration de l'alcootest a rendu les limonadiers aussi méfiants qu'un gendarme sobre. (Mais si, il en existe !) Tout en le servant au bar, le patron suivait son client du regard. Trente-deux ans dans le métier, ça vaut un doctorat de psychosociologie. Ce type-là, il ne le sentait pas.

Il le vit laisser bien en évidence son paquet de cigarettes, à moitié vide, et son briquet à dix balles, pour se diriger négligemment vers les WC. À peine avait-il ouvert la porte donnant sur la rue de la Liberté (tout un programme !) que le cri avait retenti : « Gilbert, vite ! Un resquilleur… »

Gilbert, c'était à l'évidence ce gars des cuisines, à peine moins fluet que Douillet, notre médaille d'or de judo aux JO, qui s'élançait, trop heureux de quitter la plonge.

Hervé réalisa très vite qu'un connard en manque d'affection avait collé sa bagnole contre le pare-chocs de la sienne. Il n'avait pas le temps d'entrer, de démarrer et de manœuvrer sans se faire extraire manu militari par ce civil en tablier blanc. Il choisit de courir droit devant lui, vers l'église, oubliant que depuis l'expulsion des sans-logis de Saint-Bernard nos temples ne sont plus des lieux d'asile inviolables. Le Moyen Âge était moins barbare.

Il avait trop mangé, Hervé, mais la frousse lui donnait des ailes. La colère aussi, en ce qui concernait son poursuivant. Malgré le poids de son volume d'air déplacé, le gros ne perdait guère de terrain, à en juger par son soufflet de forge.

Il tourna le coin de la rue sur un effacement de l'épaule digne d'un grand slalomeur, continua sans se retourner, le souffle court, une intense brûlure à hauteur de la poitrine. Derrière, le bruit d'un moteur couvrait maintenant le halètement du cuistot mal intentionné. Ce n'était quand même pas le patron qui le poursuivait en diligence ?

Comme il atteignait la place herbeuse bordée de marronniers, la voiture le dépassa, freina. La porte s'ouvrit.

— Montez, vite !

Le dernier conseil était superflu. D'ailleurs, Hervé n'était pas du genre à réfléchir trop longtemps. De là tous ses déboires ! Il s'engouffra dans la voiture qui bondit à fond la caisse sur une volée de gros mots corsés de la part du gâte-sauce. Volumineux et grossier, avec ça !

— Merci !

— Mettez votre ceinture…

Le ton était calme, étrangement calme. En reprenant sa respiration, Hervé Chappuy cherchait à mieux distinguer son sauveur. Un profil imprécis sous les rares éclairages publics, vite dépassés. Le tableau de bord s'alluma, en même temps que les phares. Il avait pensé à rouler tous feux éteints.

La voiture prit la direction d'Orléans, à vitesse normale. Un taciturne, le Zorro ! Il ne disait rien, ne s'était pas tourné un instant vers lui. Sur une dernière inspiration prolongée, l'auto-stoppeur malgré lui se risqua :

— Vous m'avez tiré d'une sale histoire... Il était dingue, ce type !

— Et d'une catégorie nettement supérieure à la vôtre, répliqua son chauffeur. Entre une explication avec lui ou avec un juge de tribunal de simple police pour délit de grivèlerie, j'aurais choisi la seconde solution, pour ma part...

Il avait affaire à un drôle de paroissien. Un individu qui démarrait comme Schumacher, parlait comme Jean d'Ormesson et portait des gants pour conduire une fourgonnette.

Il fit une nouvelle tentative :

— J'ai... j'ai laissé ma voiture là-bas...

— Oui. Derrière l'hôtel, pour mieux vous faire repérer... La seule immatriculée 93 du pays, peut-être !

Comment pouvait-il savoir ?

Hervé Chappuy n'était qu'au début de ses surprises. Sur un freinage appuyé, le véhicule venait de s'engager dans un sous-bois.

V

Tout le monde peut tuer mais il n'est pas évident d'y trouver du plaisir. Là réside la différence avec les vrais criminels, amoraux ou blindés. J'ai dû faire un effort, me contraindre à évoquer la dernière vision que j'avais conservée de lui : son sourire de satisfaction après de longues heures d'angoisse. La satisfaction de s'en tirer à bon compte.

Il n'a pas cherché à s'enfuir, à se défendre. Le sort lui semblait décidément néfaste.

Lorsqu'il a su, qu'il a compris, il est tombé à genoux. Je ne pouvais assister à cela. Il allait m'implorer, faire appel à cette pitié qu'il lui avait refusée, un jour...

J'ai tiré, au jugé. Il m'a fallu une seconde balle. On achève bien les chevaux.

Que la famille se rassure, s'il en a une, je ne demanderai pas le remboursement des munitions, comme l'exigent les tribunaux chinois !

Rien de tel que le célibat pour s'accrocher à ses habitudes. Tout commissaire principal du Quai des Orfèvres qu'il fût, Barge tenait à ne pas réduire son petit déjeuner à quelques biscottes aussi vite expédiées que la tasse de café. Il entendait faire surface en se restaurant copieusement. Cela l'obligeait à préparer la veille au soir son plateau et à écourter sa nuit mais il goûtait ces premiers moments où les brumes nocturnes s'allègent tandis que le beurre s'alourdit sur la tartine. Suprême moment de quiétude en compagnie de Blanc de blanc qui se gardait bien de le troubler.

Comme son nom l'indique, Blanc de blanc est vraiment blanc. Ou plutôt blanche, car en vérité « il » est né chatte. Allez donc reconnaître le sexe d'une boule de neige oubliée par sa mère dans un emballage vide, au fond de votre cave ! Une chance que le carton, expédié d'Épernay, ait porté la mention BLANC DE BLANC. Elle aurait pu s'appeler GEWURZTRAMINER ou NUITS-SAINT-GEORGES…

Cette exigeante compagne partage sa solitude En fait, elle ne partage pas et marque sa perfide réprobation les trop rares fois où il introduit une autre présence féminine chez lui. Enfin, chez eux ! La dernière a retrouvé son collant et sa petite culotte dans un triste état.

Seule la gardienne, qui s'occupe aussi de son ménage et de son linge, est acceptée. Est-ce parce qu'elle a gaillardement dépassé la cinquantaine et porte une ombre de moustache ?

— Alors, petite, la nuit a été fructueuse ? ose-t-il lui demander en caressant son poil encore humide.

La chatte, occupée à laper un reste de lait — à nouveau trop chaud ! —, n'a aucun compte à lui rendre depuis qu'une fâcheuse opération l'a privée des joies les plus élémentaires. Elle n'en continue pas moins ses sorties nocturnes facilitées par une fenêtre de cuisine judicieusement laissée entrouverte chaque soir.

Elle n'aura pas d'ailleurs l'occasion de lui répondre, la soucoupe à sec, car le téléphone retentit. Un malade, cet appareil ! L'incontinence verbale, ça se soigne…

— Bonjour, patron ! Ici Grangier… Je ne vous surprends pas en pyjama au moins ?

— Non, mais il est très seyant.

— Tant mieux, car il vous faut rappliquer au plus vite à la Maison ! La patronne est déjà là et vous attend.

— Je lui manque à ce point ? Serais-je devenu irremplaçable ?

— Pas vraiment… Mais concerné ! On vient de ramasser un cadavre dans un square voisin…

— Voyez le gardien !

— L'ennui, c'est qu'il tenait à la main une rose blanche.

*
* *

Son arrivée au 36 fut saluée comme celle d'Alain Delon au festival de Cannes. Une vedette qu'on n'espérait plus. Lui qui avait quitté son bureau la veille après vingt-deux heures ! À peine dans le *jardin*, le coin de végétation, l'oasis qui s'efforce d'égayer le couloir de la Crim, il fut apostrophé :

— On vous attend à côté où l'on passe des diapos.

— Des photos de vacances ? répondit Barge irrité d'être traité en éternel attardé. Il haussa les épaules avant de frapper et d'entrer.

— Ah ! vous voilà ! Navrée d'avoir dû faire appel à vous si tôt. Asseyez-vous là…

La patronne de la Brigade criminelle en personne dirigeait la réunion, en présence du gros de l'équipe. Mercier officiait, télécommande en main.

— Je reviens en arrière ?

Sur un hochement de tête il fit défiler rapidement plusieurs vues avant de s'arrêter à la première du chargeur. Il régla sa mise au point et reprit le résumé de son exposé :

— À six heures, ce matin, une patrouille de nuit regagnant la PJ a été interpellée par un individu qui déclarait avoir vu un corps sans vie dans le square du Vert-Galant. Les gardiens s'y sont rendus. Il y avait bien un cadavre. Prévenus par radio, nous avons rapidement mis en route le processus habituel.

On voyait un corps, le dos contre le mur de soutènement, la tête inclinée sur la poitrine. Une seconde photo, rapprochée, permettait de distinguer une rose dans la main droite de l'individu. Rose que l'on retrouva, grossie, sur une troisième vue.

— Le corps, plié à angle droit, nous a permis de constater qu'il avait reçu une bastos dans le ventre et une autre en pleine tête.

Sur l'écran apparaissait le visage de la victime, un trou rond, bien net, au milieu du front.

— Quel calibre? demanda Barge.

— Sûrement du 7,65. Le légiste et la balistique opèrent.

— On connaît son identité?

— Non. Il n'avait plus son portefeuille. Avec tous les clodos qui couchent sous le pont…

— À moins d'un crime crapuleux, fort peu probable, le tueur peut aussi vouloir nous retarder.

Un gros plan du visage couvrit l'écran, obscène dans sa crudité. Une paupière ouverte, l'autre mi-fermée, le cadavre semblait faire de l'œil au public. Barge ne put s'empêcher de penser à une photo des corps des fusillés du Père-Lachaise, de 1871. Un des communards, dans son cercueil, adresse ainsi un dernier clin d'œil à l'Histoire.

Il se tourna vers l'enquêteur de service, un *nuiteux* qui avait assisté aux premières constatations :

— On l'a descendu sur place ?

— Non. On n'a relevé aucun impact de balle dans le mur contre lequel il reposait. Aucune douille dans les environs. Enfin, le légiste, à vue de nez, ferait remonter la mort avant minuit. Or, d'après une ronde de la brigade de surveillance du quartier, le cadavre n'était pas en place à trois heures.

— Pas d'autres témoins ?

— Non. Quelques marginaux dormaient à moins de cinquante mètres. Ils n'ont rien entendu, rien remarqué. C'est l'un d'eux, plus matinal, qui a découvert le corps peu avant six heures. Nous avons relevé les identités et vérifions au fichier central...

Barge s'adressa à la patronne :

— Vous trouvez normal qu'on vienne livrer un macchabée à deux pas de chez nous ? Il a fallu l'extraire d'une voiture alors que le Pont-Neuf est rarement désert. En outre, on ne l'a pas balancé depuis le haut : on a pris la peine de le descendre dans le square, au risque de tomber sur des amoureux ou sur des SDF.

— Ne dirait-on pas de la provocation, messieurs ?

— Oui. Cela collerait avec la rose blanche... Mais il n'y a pas une affaire semblable en province ?

— Si, justement, Barge. Un double meurtre du ressort du SRPJ de Blois et de son antenne de Tours. Le Tueur à la rose, comme on l'a déjà baptisé là-bas, semble maintenant vouloir...

— ... piétiner nos plates-bandes!

— Exactement! Et vous êtes le jardinier qui convient sur ce genre de terrain. D'ailleurs, c'est l'heure de la réunion chez le grand patron. Messieurs...

*
* *

Dans le brouhaha habituel de la sortie de la *messe* chez le directeur général des services, on n'entendit pas la patronne de la Crim ajouter :

— Venez dans mon bureau, Barge! Je vous ai gardé pour la bonne bouche...

— Vous m'en voyez ravi, patron. Je reste suspendu à vos lèvres...

Pour un peu, le sourire en coin du commissaire principal aurait réussi à la faire rougir si elle n'avait pas été habituée à son humour caustique.

Avec ses lunettes cerclées de métal, son costume de bonne coupe et son langage le plus souvent châtié, il la changeait du style baroudeur maison, holster et blouson de cuir. D'ailleurs, le tout-venant et le flag ne constituaient pas sa tasse de thé. On lui réservait plus volontiers les affaires nébuleuses. À lui les casse-tête, à d'autres les coups fourrés... dans la limite du possible.

Diriger la Brigade criminelle nécessitait pour une femme — la première, en la circonstance — du doigté, une fameuse dose de psychologie. Sans pour autant négliger l'atout féminin primordial : le charme !

Sa première règle de conduite, au lendemain de sa nomination, avait consisté à obtenir de chacun le meilleur de ce qu'il était capable de fournir. À ce jeu, tous avaient révélé des aptitudes particulières. Et des inaptitudes flagrantes qu'elle feignait de négliger. Ils lui avaient su gré de souligner les premières, d'oublier les secondes et de créer ainsi un bon état d'esprit au sein d'un service où les rivalités ne manquaient pas. D'autres avant elle avaient joué sur ces rivalités pour stimuler les plus ambitieux, sans pour autant obtenir les résultats escomptés.

Les hommes du 36 n'étaient pas choisis à l'ancienneté. La direction d'autant d'individualités exigeait un esprit de synthèse... et le sourire de la patronne pour faire passer les notes administratives ou éviter les frictions.

— Que diriez-vous donc d'une promenade dans une région hautement gastronomique ?

— Avec l'espoir de finir détaché au guide Michelin ?...

— Ça, ce sera votre problème de réinsertion après votre mise à la retraite anticipée ! En attendant, j'ai besoin d'un expert en gibier et fricassée d'anguilles...

— Au vinaigre de vin de Bourgueil ?

— Par exemple !

Le PC qui tenait lieu de mémoire au commissaire principal Barge disposait d'un Word 7 dont les fonctions similaires étaient indéniablement regroupées en menu... du jour. Il était gourmand comme sa chatte. Gourmet, plutôt. Sa solitude lui tenait lieu de prétexte à la découverte bihebdomadaire d'un nouveau restaurant de qualité sans pour autant se montrer

infidèle à certains lieux de culte où sa foi
le ramenait en pèlerinage les soirs de
morosité. Son Microsoft analysa les don-
nées avant de proposer :

— En Sologne, par exemple ?

— Gagné ! Enfin, à deux pas...

L'ordinateur cérébral avait réagi vite et
bien. Il est vrai qu'à la réunion de coordination — la messe de dix heures —
le grand patron avait cité Bracieux parmi
une liste d'affaires nationales fort longue.
Sans plus s'y attarder tant le cadavre
du Vert-Galant monopolisait les esprits.

Barge ne s'y serait pas plus intéressé
que ses collègues si le nom de ce petit
village, à l'orée du parc de Chambord,
n'avait « sorti » la fiche de Robin en souvenir d'un ruineux mais mémorable
déjeuner dans une ancienne halte de diligence. Du temps où il ne savait pas que
l'amour est une denrée périssable.

— Aurais-je gagné un week-end au
Relais de Bracieux, chez Robin ?

— Je doute que vous puissiez faire passer votre note de frais... mais c'est bien le
crime de Bracieux qui va aussi vous

mobiliser. Une affaire mystérieuse… et délicate. Le meurtre du fils d'un magnat de l'industrie dans le manoir familial de Hauterives. Un certain Hugues Desforges, retrouvé dans sa baignoire, la tête éclatée. La gendarmerie a établi les premiers constats.

— C'est du ressort du SRPJ de Blois.

— Oui. Et du nôtre maintenant que l'affaire du Vert-Galant paraît liée à celle de Bracieux. Cela risque de faire du bruit. D'abord, en raison de la personnalité d'une des victimes : l'héritier des machines-outils Desforges, le petit-fils du sénateur. Ensuite, en raison d'un rapprochement possible avec un autre meurtre en cours d'instruction à Tours. Nous attendons un fax du commissaire Delbart, chargé de l'enquête. Les tueurs en série ont très mauvaise presse. Il conviendrait de coordonner les trois enquêtes avant que l'Intérieur ne juge l'affaire trop importante et n'en charge la 5e division *.

* 5e division de la sous-direction des affaires criminelles à la Direction centrale de la Police judiciaire (ministère de l'Intérieur).

— Je pars quand ?

Le sourire tout miel de la patronne était à lui seul une réponse inquiétante.

— Mais j'ai charge d'âme, moi ! J'ai une chatte...

Elle resta de marbre à l'énoncé de sa paternité.

— Je peux au moins choisir mes compagnons d'infortune ?

— Vous avez carte blanche mais nous ne disposons pas d'un personnel suffisant en ce moment...

— Parce qu'il existe des « moments » où il y a pléthore de poulets sur le marché, ma bonne dame ?

Elle rit. Barge pratiquait à ravir la métalangue, changeant de style et de syntaxe de façon déroutante, au gré de sa fantaisie. Tantôt respectueux, vieille école, tantôt impertinent. Toujours narquois.

— Grangier et le petit Delmas vous conviennent ? Ce n'est pas trop demander ?

— Les trois mousquetaires à la recherche des ferrets de la Reine... C'est très bien ! Soyez prudents, surtout.

— Parce que c'est dangereux, en plus ?...

— Dame ! Et l'ouverture de la chasse ?

Devant tant d'indifférence au sort de ses adjoints, il se leva et sortit sur un clin d'œil. Allez donc rappeler à votre chef que les trois mousquetaires étaient quatre...

*
* *

Le commissaire Forest ne témoigna pas d'un enthousiasme débordant à l'arrivée des superflics de la capitale. Du haut de sa quarantaine soignée, le commissaire principal Barge avait plus l'air d'un prof de fac que d'un représentant du Quai des Orfèvres. Une poignée de main ferme, un soupçon de sourire et un regard perçant derrière ses lunettes d'intellectuel. Un de ces regards qui vous déshabillent aussi bien un suspect que des collègues de province complexés de ne pas appartenir à la fameuse Maison.

Forest se sentait gauche. Bérurier face

à San Antonio ! Il se fit plus bourru que
jamais.

Peine perdue. Les collègues du Quai
n'arrivaient nullement en conquérants.
Leur patron insista sur le fait qu'un troisième crime ne pouvait qu'aider à la
découverte de leur auteur. Un travail de
comparaison, de synthèse, devait profiter
à tous. Il avait raison. Et puis, finalement,
ils n'étaient pas antipathiques, ces Parisiens !

Le commissaire du SRPJ de Blois
résuma les PV des premières constatations de la gendarmerie, les rapports du
légiste et de la balistique et ses propres
recherches. Le sieur Desforges avait été
tué vers trois heures du matin quasiment
à bout portant. Du 38 spécial. En raison
de l'utilisation d'un silencieux, sa compagne d'une nuit n'avait rien entendu. Elle
avait été interrogée et restait à la disposition de la justice. L'assassin s'était introduit par la cave du manoir, d'où il avait
gagné les appartements.

La rencontre avec le père de la victime

n'avait rien donné. Depuis la mort de sa mère, le fils et lui ne se voyaient plus. Après autopsie, le corps avait été rendu à la famille. L'enterrement avait eu lieu l'avant-veille. Forest avait cru bon de faire prendre des clichés de tous les participants et de leurs véhicules. Son équipe épluchait les photos, recherchant les noms des propriétaires d'après les plaques d'immatriculation. Il y en avait un paquet !

L'étude du dossier du crime de Tours n'avait rien apporté. Les deux affaires semblaient totalement étrangères mis à part la signature : une rose blanche d'une variété ordinaire, courante dans de nombreux jardins de la région.

Les envoyés du Quai se promettaient d'aller le lendemain rendre visite au commissaire Delbart. Après trois heures de discussions, le commissaire blésois avait tenu à conduire ses collègues de la capitale dans un hôtel retiré de la ville où ils seraient assurés de bien dîner.

Barge, en observant la corpulence de son conseiller local et son air de gourmandise, sut qu'il avait affaire à un expert.

Il n'eut pas trop à insister pour qu'il acceptât de les rejoindre.

Ils se quittèrent à l'heure où les deux aiguilles, copines comme cochons, se tiennent enlacées pour annoncer un jour nouveau. Un jour de plus. Un jour de moins… Une petite friture de Loire et un sandre, arrosés de touraine-amboise blanc, avaient définitivement aboli les vestiges d'un régionalisme exacerbé par un parisianisme outrecuidant.

C'est que Forest avait découvert en Barge un connaisseur et une sacrée fourchette !

VI

À l'autoroute, Barge avait préféré la départementale qui, sur sa rive gauche, longe la Loire, tantôt sur une levée de terre surplombant le lit trop large d'un fleuve trop capricieux, tantôt au flanc d'un coteau aussi creusé de caves qu'une tranche d'emmenthal.

Mosnes, Amboise, Lussault, Montlouis… Des noms qui fleuraient les vendanges, le pressoir, le moût de raisin et la bernache qui purge les gamins. Barge pourtant ne se laissa pas distraire. Installé à l'arrière, avec Grangier, il relisait chaque rapport, chaque procès-verbal, à la recherche d'autres dénominateurs communs. Une rose blanche, c'était peu.

Le fait n'avait guère retenu l'attention des policiers de l'antenne de Tours avant le coup de fil anonyme au rédacteur de *la Nouvelle République*, à la suite du crime de Bracieux. À trois mois d'intervalle !

Quel rapport entre maître Honorin Praquin, soixante-sept ans, notaire à la retraite, et Hugues Desforges, son cadet de quarante ans, oisif à la préretraite ?

Le premier avait été découvert à son bureau, le crâne fracassé par le pied d'une statuette de bronze. Sous sa main gauche, l'inexplicable rose blanche découverte en enlevant le corps après les premiers examens et les photos d'usage.

— Il n'y a peut-être aucun rapport, patron...

— Je ne pense pas. Cette rose est une signature, confirmée par le coup de fil. La presse n'avait pas été tenue au courant. Qui d'autre que l'assassin pouvait le savoir ? Un assassin bien décidé à signaler son double meurtre, à se faire connaître.

— Un psychopathe ?

— On peut le penser.

— Pas fou, le malade ! Dans les deux cas il a pénétré chez ses victimes sans se faire remarquer, sans laisser de traces. À Tours, il a même opéré en plein jour…

— Justement ! L'heure, l'arme du crime et la méthode diffèrent totalement. Si le premier meurtre peut être accidentel, le second a été mûrement prémédité. Le rapport médico-légal, dans ce dernier cas, précise que le meurtrier a profité du sommeil profond de sa victime (trois bouteilles à deux, plus le cognac !) pour le menotter et l'empêcher de crier à l'aide d'un ruban adhésif large.

— Pourquoi tant de précautions ? Avec son silencieux il pouvait aussi bien le tuer dans le lit sans réveiller la fille qui en écrasait lourdement à ses côtés.

— Bonne question, petit. J'attends vos réponses…

Delmas rétrograda à l'entrée de la Ville aux Dames et remarqua :

— Pas pour le faire parler… Avec un tel bâillon ! Et pourquoi l'avoir entraîné dans la salle de bains ?

Grangier ne voulut pas être en reste :

— Le malheureux était condamné à répondre de la tête par « oui » ou par

« non ». Le tueur évitait ainsi les atermoiements et les jérémiades.

— Possible, conclut Barge, mais le ruban adhésif en faisait un muet, non un sourd. On peut aussi envisager que l'assassin tenait à lui faire savoir les raisons de sa fin. La vengeance n'a d'intérêt que si la victime est informée. C'est un met de raffiné !

*

* *

La voiture s'immobilisa devant le commissariat. Négligeant la leçon de morale à l'égard de 75 assez naïfs pour prétendre stationner là, Barge demanda le commissaire Delbart à l'agent de service. Son assurance suffit pour se voir indiquer la bonne porte avec empressement.

Les locaux n'étaient pas neufs mais affichaient un air guilleret de restauration récente. Le patron les accueillit avec le sourire.

— Commissaire principal Barge. Voici mon adjoint, le capitaine de police Paul

Grangier, et le lieutenant stagiaire Jacques Delmas.

— Commissaire Delbart. Mon collègue blésois Forest m'a annoncé votre visite. Je vous attendais et me tiens à votre disposition. Vous avez fait bon voyage ?

— Oui, mais nous avons pris le chemin des écoliers, par Amboise.

— Vous avez eu raison, c'est autrement agréable que par l'A10. Surtout en cette saison… avec toutes ces couleurs automnales. Voulez-vous un café ?

Le policier tourangeau paraissait sympathique. Rien de débonnaire pourtant, à l'image de son collègue de Blois, mais cet effort d'hospitalité propre à la province, très rare à Paris.

Il faisait partie de ces hommes dont la chevelure toute blanche contraste avec une silhouette encore jeune, sportive, qui empêche de leur donner un âge. Delmas, le comparant à Barge, pensa qu'il était plus âgé et, malgré cet abord cordial, beaucoup plus froid. Ces deux rides aux encoignures des lèvres et ce regard perçant trahissaient ses efforts de courtoisie.

L'expresso avalé — autre chose que la lavasse du Quai! —, ils abordèrent le sujet. Au fur et à mesure de son exposé, Delbart sortait un rapport du dossier, en lisait un passage ou alignait des photos sur le bureau. Son compte rendu était net, précis.

Le 4 juin, à seize heures dix, le commissariat central avait reçu un appel angoissé de la dame de compagnie de maître Praquin, ancien notaire, demeurant rue de la Paroisse, dans le quartier de la cathédrale Saint-Martin. Elle venait de découvrir le corps sans vie de son patron.

L'homme avait été assommé à son bureau, au premier étage d'une maison bourgeoise. Il avait l'habitude d'y recevoir des visites bien qu'il eût cessé d'exercer et que son ancienne étude fût située à la sortie de la ville.

On avait relevé de nombreuses empreintes digitales dans la pièce mais aucune sur la statue dont le socle avait envoyé le malheureux notaire rejoindre les défunts qui peuplaient ses dossiers.

Le commissaire Delbart était arrivé peu

après les premières constatations, précédant les services spécialisés et le médecin légiste.

L'avant-bras gauche et la tête de la victime reposaient sur le sous-main du bureau. Sa main droite était restée plongée dans un tiroir latéral entrouvert où l'on avait retrouvé un revolver pour lequel maître Praquin possédait un port d'arme. Assurément, on avait été plus rapide que lui.

— Des dossiers intéressants ?

— Des reconnaissances de dettes assez douteuses dans le coffre... D'ailleurs, dans le milieu notarial, on se montre très réservé à son égard. Ses pairs avaient dû le rappeler à l'ordre il y a une dizaine d'années.

— Un casier ?

— Non, mais il avait échappé de peu à une sombre affaire de ballets roses. C'est ainsi qu'autrefois on baptisait plus poétiquement les histoires de pédophilie... Trop de notables y étaient impliqués : la plainte fut retirée. Il put continuer à porter beau et arborer la Légion d'honneur.

Le ton s'était fait désabusé. Grangier commençait à le trouver très bien, ce commissaire.

— Il a dû se constituer un lot de solides inimitiés, constata Barge.

— Dont une lui aura été fatale, assurément ! Nous avons interrogé une foule de victimes potentielles, d'ennemis possibles, sans succès. Beaucoup s'accordent à reconnaître que c'est une bonne chose. Certains vont jusqu'à regretter de ne pas l'avoir fait. Des mots… Ne tue pas qui veut ! Un seul en a trouvé le courage…

— À moins que ce ne fût un réflexe ! Il se sera montré plus rapide… Pouvait-on entrer sans être vu de sa dame de compagnie ?

— À cette heure-là, le quartier derrière la cathédrale ne déborde pas d'activité…

— Entre marienne et nonne, je crois ?

Une ébauche de sourire s'imprima sur le visage du commissaire Delbart.

— Je vois que la sieste locale n'a pas plus de secrets pour vous que les heures canoniales. Le crime a eu lieu en effet entre quatorze et quinze heures d'après le rapport du légiste. C'est le moment de repos de sa gouvernante qui regardait « Arabesque », son émission quotidienne, sur TF1. Maître Praquin venait de regagner son bureau au premier.

— La porte extérieure était-elle fermée à clef ?

— Non, pas en plein jour. Le quartier est calme et l'ancien notaire recevait encore pas mal de visites. La dernière ne s'était pas fait annoncer. Voulez-vous vous y rendre ?

— J'allais vous en prier. On me reproche d'être un homme de terrain. J'ai besoin de...

— Vous imprégner de l'atmosphère ! J'ai connu cela, moi aussi.

L'emploi du passé était inquiétant pour un fonctionnaire encore en exercice. Barge nota ce phénomène de désenchantement si fréquent chez certains. Il est vrai que la place d'un patron est à son bureau. Ils descendirent.

*
* *

Ils avaient abandonné la Safrane sur le parvis et emprunté une ruelle à l'ombre des arcs-boutants de la cathédrale, marchant le nez en l'air à la découverte des sculptures. Aux gargouilles rongées par le temps, Grangier préféra le buste d'une nonne qu'un tailleur de pierre malicieux avait dotée d'une poitrine capiteuse.

— Comme on connaît ses seins, on les honore, hein, Jacques ?

— J'avoue que je ne saurais trop à quel sein me vouer...

Barge secoua la tête :

— Des potaches, mon cher collègue ! Je suis entouré de mécréants... qui ignorent qu'il vaut mieux avoir affaire au bon Dieu qu'à ses seins, ajouta-t-il mezza voce.

— Les pèlerins se voyaient rappeler ainsi combien le chemin du paradis est bordé de tentations, répondit Delbart. Les temps ont bien changé : la religion a perdu sa primauté. Cette rue donne maintenant dans celle du Petit Cupidon, et, par suite de donations, l'évêché détient l'ancienne maison close...

— Ils possèdent la libre jouissance… des murs ?

Il était temps qu'ils arrivent avant que la foudre céleste ne vienne frapper les auteurs de tant d'impiété. Le commissaire s'arrêta devant une grille de fer forgé, sortit une lourde clef et l'ouvrit. Une cour pavée de larges dalles menait à un petit hôtel particulier dont la façade séduisit Barge.

— Dix-septième siècle ?

— Oui. C'est loin d'être la plus ancienne demeure de notre cité mais elle a du cachet. Ici, tout est resté d'époque, alors que dans le quartier des halles tout est restauré. Seules les poutres y sont d'origine… Du beau travail, cependant !

L'épaisse porte de chêne ouvragée franchie, ils se retrouvèrent dans une harmonie de bois blond, de carrelages anciens et de pierre dorée. Ils baignaient dans une si tranquille atmosphère que l'idée même d'un crime semblait… criminelle.

Sur le bureau, pourtant, le sang séché avait imprimé sa marque. Comme pour mieux rappeler le drame qui s'était joué de la douceur des lieux. Encore visible, le tracé à la craie de la position du corps n'en était que plus inconvenant.

Barge ne parvenait pas à se concentrer. Il se sentait un coup de cœur pour cette maison riche d'un passé, fût-il parfois tragique. Les volets ouverts, il se pencha. S'attendait-il à trouver une calèche dans la cour ? Il n'aurait pas été surpris d'entendre le bruit des sabots sur le pavé.

Il fit un effort pour revenir au bureau, examina à son tour le dessin du bras gauche replié, parut songeur et demanda :

— Sa main était-elle crispée sur la rose ?

— Non... Elle était posée à plat et la cachait.

— Ce qui explique que le premier rapport de votre adjoint n'en fasse pas mention ?

— Oui. Elle a été découverte lorsqu'on a déplacé le corps.

— Quel genre de rose ?

— Une rose de jardin, à queue courte. Une Adélaïde d'Orléans, je crois.

Barge ne semblait pas satisfait.

Quelque chose le chiffonnait. Il haussa les épaules et circula à travers la pièce, observant les tableaux, les bibelots, s'attardant devant le meuble-bibliothèque.

— Un esthète, votre notaire !

Il était stupide de mourir assassiné dans un tel cadre. Ce meurtre de province le changeait de sa dernière enquête : un couteau oublié dans un abdomen du quartier de la Goutte-d'Or...

*

* *

Leur collègue se fit un devoir de les conduire dans un petit restaurant du cru, sans prétention. Le Vert bouteille se tenait à l'écart, dans une rue du quartier des halles. Plus encore que ses murs peints garnis de vieilles affiches, ses tables de marbre et ses chaises de bistrot, la clientèle d'habitués garantissait l'authenticité de la maison. Peu de touristes attardés mais des employés, des fonctionnaires de la préfecture, un groupe d'enseignants et, les derniers, quelques commerçants des

halles heureux d'en avoir fini avec le marché.

Sur un tableau noir, une liste de plats à
des prix raisonnables et de vins de Loire
vendus au verre ou en pichet. Dans la
salle, un couple encore jeune qui s'affairait dans la bonne humeur.

— Et pour ces messieurs ? Ah, bonjour
commissaire ! Vous prenez l'apéritif ?

Barge regarda Delbart :

— Je suis dans votre juridiction : à vous
le choix des armes !

— Oui, Marinette. Donne-nous un
pichet de montlouis, un pot de rillettes et
quelques rillons, histoire de faire oublier
à ces collègues les méfaits de l'agroali-
mentaire dans la capitale. Ensuite...

Ensuite, ce fut une petite friture de
Loire (on garda le même vin) suivi d'un
coq au gamay (assorti du même cépage).
Un assortiment de fromages de chèvre tint
lieu de dessert... afin de finir le gamay. (Et
avant d'en reprendre une dernière, finalement !)

Ce fut aussi une plaisante discussion où
leur collègue tourangeau finit par se

détendre. Comme Barge affirmait qu'il aimerait cette vie de province, il avoua qu'il s'était fourvoyé des années à Paris, en tant qu'inspecteur puis inspecteur principal. Il y a deux ans, à la sortie de l'École nationale supérieure des commissaires de police de Saint-Cyr-au-Mont-Dore, il avait obtenu ce poste.

— Sans regret ?

— Sans regret ! On y laisse plus souvent son auréole de limier à la patère. Les enquêtes manquent parfois de piment mais, tout compte fait, l'on vit. L'on vit au rythme d'un long fleuve tranquille...

— Bordé d'excellents vignobles !

— C'est évident, puisque de Sancerre à Nantes la voie d'eau a été à l'origine de l'implantation de la vigne. Les moyens de communication ont toujours marqué l'économie.

Ils parlèrent vins avant de revenir à l'ENSP, aux profs et aux élèves rencontrés. Ils s'adonnèrent alors à ce jeu de « *Vous avez dû connaître ?* », évoquèrent des personnages marquants, s'exclamèrent au

souvenir d'un collègue échoué malencon-
treusement dans la Police nationale...

— Il est si peu doué qu'il finira aux
bœufs-carottes.

— Ou à la Direction de la logistique !

Le marc de la patronne les surprit alors
que les tasses de café avaient dessiné des
cercles bruns déjà séchés et que la salle
s'était vidée, comme à la fin d'un film,
sans qu'ils s'en fussent rendu compte.

Il était temps de reprendre le collier.

— Vous remontez au SRPJ de Blois ?

— Non. Nous rentrons au Quai. J'ai
hâte de prendre connaissance des premiers rapports concernant notre cadavre
qui reposait aux pieds de ce bon roi Henri
IV...

— Vous n'allez pas accuser Ravaillac,
tout de même !

— Non. Un sadique du couteau, lui !...
Nous devrons nous revoir très prochaine-
ment pour une réunion de synthèse plus
approfondie. D'ici là, nous aurons d'autres
éléments.

— Ou le tueur aura encore frappé...

VII

Il est des matinées qui se traînent, d'autres qui commencent sur les chapeaux de roue. À peine arrivé dans son bureau, Barge recevait un coup de fil de son collègue de Blois. Les formules de politesse écourtées, ce dernier entra dans le vif du sujet :

— J'ai peut-être du nouveau. Un de mes hommes qui était en récupération lors de votre passage a cru reconnaître votre cadavre d'après les photos que vous m'aviez laissées. Le mieux serait que je vous le passe...

— Volontiers.

— Bonjour monsieur le principal. Ici le lieutenant Bragard...

— Bonjour, lieutenant.

— Oui... En examinant le gros plan de

votre macchab, j'ai pensé que j'avais déjà
vu cette tête-là. Il m'a fallu du temps pour
réaliser que c'était à l'enterrement
d'Hugues Desforges, à Bracieux. Le
patron m'avait chargé de photographier
tous ceux qui arrivaient sur le parking, à
l'entrée du cimetière. Il a débarqué après
tout le monde, dans une vieille Peugeot.
Un break, je crois. Il s'est garé à l'écart. Je
l'ai aligné dans mon téléobjectif, comme
les autres. Il a regardé autour de lui avant
de pénétrer dans le cimetière, ce qui m'a
intrigué. Je l'ai repris en photo, mais de dos
cette fois. Je ne l'ai pas revu à la sortie.
D'ailleurs... sa guimb était encore là,
quand nous sommes repartis.

— Bravo ! Et vous avez le numéro d'immatriculation de... la guimb ?

Forest avait repris le combiné :

— Bien sûr, collègue ! Que croyez-vous ?
Nous ne sommes pas toujours à table...

— C'est dommage !

— Nous avons fait procéder à un agrandissement des clichés qui viennent de me
parvenir. C'est bien un break Peugeot
immatriculé 947 AXD 93. Il devait appar-

tenir à votre paroissien. Je crois que nous tenons un début de piste…

Le « nous » était quelque peu appuyé mais Forest avait eu raison de s'intéresser aux clients du cimetière.

— Félicitations ! Je mets quelqu'un tout de suite sur l'affaire. Je vous tiendrai au courant. Salut Forest, merci.

Au ton du patron, Delmas sut qu'il y avait urgence. Il se précipita dans son bureau. En peu de mots Barge lui résuma les dernières nouvelles, lui confiant la charge de s'occuper de la piste du break Peugeot avant d'ajouter :

— Débrouille-toi, mais je veux des informations avant la fin de notre réunion. Nous n'avons pas grand-chose à nous mettre sous la dent…

Le jeune stagiaire comprit que pour Barge c'était là une situation qui ne pouvait pas durer. À table comme au boulot. Il fila.

*
* *

Le commissaire principal devait se sentir une âme de prof. Il s'était emparé d'une craie et avait coupé le tableau par son milieu d'un trait vertical afin de relever les points communs et les différences entre les trois crimes du ressort de leur enquête.

La première colonne ne fit pas recette. Seule la présence d'une rose blanche reliait les trois affaires.

— C'est peu, patron !

— D'autant que n'importe quel farfelu peut maintenant s'offrir une visite chez le fleuriste avant de trucider père et mère.

— Oui et non, répondit Barge en se tournant vers les auteurs de ces remarques. Primo, je vous rappelle que cette signature « florale » n'était pas connue de la presse en ce qui concerne les deux premiers crimes. Secundo, en fait de rose, ce n'est pas un spécimen de culture commerciale.

Il tenait à la main le dernier échantillon dans une enveloppe de plastique.

— C'est une des dernières roses de jardin, courte de tige. Peut-être d'un rosier grimpant ?

— *Le Jardinier d'Argenteuil* !

Barge nota avec satisfaction qu'il y avait des cinéphiles dans l'assistance.

La seconde colonne ne manquait pas d'arguments. Les crimes différaient tant par la nature des victimes que par le lieu, l'heure, la méthode et l'arme employée. La vérité ne sortait pas du puits dans toute sa nudité pour autant.

Grangier tapa sur la table :

— Sans ces maudites roses, nous aurions trois affaires bien distinctes, dans des juridictions différentes. Pourquoi un même assassin aurait-il changé d'arme, par exemple ?

— Pour éviter, s'il est pris, de se faire coller les autres affaires sur le dos.

— Exact, mais c'est multiplier les risques en recherchant un autre fournisseur.

— Juste, Mercier ! Cependant, de nombreux collectionneurs disposent d'un sérieux arsenal. Les armes ne manquent pas sur le marché.

Les remarques fusaient de partout.

Bientôt l'on se coupa la parole. Classe vivante mais indisciplinée : le professeur la reprit en main.

— Cette synthèse me paraît prématurée. Nous allons analyser les caractéristiques de chaque affaire à l'aide des derniers rapports reçus. Ceux qui ont d'autres informations compléteront. Grangier, en évitant de trop nous répéter, résume-les en soulignant leurs particularités.

— La première affaire est vieille de trois mois alors que les deux autres se sont succédé en l'espace de quatre jours... Un meurtre en plein jour, à domicile, discret. Une foule d'empreintes inexploitables. De nombreuses raisons de trucider ce vilain bonhomme : prêts à taux usuraire, malversations, escroqueries, affaires de mœurs ? Une rose blanche en prime.

Hochement de tête de satisfaction du prof amateur de concision. L'élève qui planchait ouvrit un autre dossier :

— La deuxième est un modèle d'école, un assassinat mené de main de maître. Le crime parfait... en attendant qu'on coffre son auteur! À domicile, de nuit, sans bruit, sans empreintes. Pas même sur le plan incliné de la cave par lequel il s'est introduit discrètement, grâce à l'utilisation d'un sac de patates vide traîné derrière lui en repartant.

— Un pro chargé d'un contrat, patron?

— Je ne pense pas, reprit ce dernier. Il fallait connaître les lieux, les habitudes de la victime, qui, en outre, sortait de deux ans de placard. Un tueur professionnel l'aurait exécuté dans la rue, sur une route, dans un lieu public. Reportez-vous à tous les règlements de comptes habituels!

Peu satisfait d'être interrompu, Grangier continua son exposé :

— Quant à la victime, rien d'un enfant de chœur! Il fêtait sa levée d'écrou à la suite d'une condamnation pour le viol d'une jeune femme...

— Qui a le dossier de cette affaire?... Toi, Bricourt? Nous t'écoutons...

— Il y a deux ans, le sieur Hugues Desforges, en compagnie de son copain et secrétaire particulier Hervé Chappuy et de leur fournisseur d'herbe Hassan Haouz, entraîne dans son appartement du XVIᵉ une jeune femme, Geneviève Girard, vingt-cinq ans, rencontrée dans l'ascenseur de l'immeuble où elle venait de jouer la baby-sitter pour rendre service à une amie. Ils l'invitent de force, la font boire, la droguent et abusent d'elle.

— Tous les trois ?

— Le dernier, le jeune dealer, a toujours juré ne pas l'avoir touchée. Ils ont continué à boire, à fumer du hasch... La malheureuse est parvenue à leur fausser compagnie alors qu'ils étaient dans les vap. Sans la rencontre d'une patrouille, elle n'aurait sûrement pas porté plainte.

— Pourquoi ?

— Il semble que c'était une jeune fille rangée, sérieuse... Le traumatisme a été violent.

Le regard noir du commissaire principal en direction d'éventuels blagueurs sous pression étouffa dans l'œuf toute remarque grivoise. Le lieutenant Bricourt poursuivit, de son ton monocorde.

— Pourtant, maître Gaboriau, un as du barreau parisien, a obtenu des peines légères pour ses clients. Trois ans pour le premier, qui a bénéficié ensuite d'une remise de peine, et deux ans pour ses complices. La jeune fille, elle, a fait un long séjour dans une clinique psychiatrique où elle a fini par se suicider peu de temps après la sentence du tribunal.

— Elle avait de la famille ?

— Non. Ses parents s'étaient tués dans un accident d'auto six ans plus tôt.

— Un fiancé ?

— Non. Jamais une présence masculine dans son appartement, d'après la gardienne, mais un monsieur plus âgé, « très correct », qui partageait ses goûts pour le théâtre et l'opéra et la raccompagnait en voiture au pied de l'immeuble.

— Bricourt et Fournier, vous me prenez en charge cette piste. Vous me retrouvez les deux complices de Desforges, la clinique psychiatrique et « le monsieur très correct »… Je veux aussi les minutes du procès ! Vous avez jusqu'à…

— Demain, patron, bien entendu… C'est trop, vraiment !

Ils étaient habitués au coup de feu en

cuisine lorsque le chef lance les com-
mandes.

— En ce qui concerne notre troisième
affaire...

On aurait pu se croire au théâtre, lorsqu'un personnage fait son apparition à la
surprise des spectateurs. En l'occurrence,
Delmas entrait, la mine réjouie.

— Des nouvelles?

— Oui patron!

Il s'assit, sortit son calepin, une grosse
enveloppe kraft, et se racla la gorge. Il prenait un malin plaisir à prolonger l'attente
mais, en voyant le patron risquer de casser le dernier stylo à bille fourni par l'administration, il se décida :

— Le break Peugeot immatriculé 947
AXD 93 appartient à un dénommé Louis
Pradier, brocanteur-antiquaire de son état,
qui tient un stand au marché Biron à
Saint-Ouen.

— Tu t'es inquiété de sa santé et on t'a
annoncé qu'il est porté manquant depuis
vingt-quatre heures...

— Non, justement. Il se porte très bien,

merci ! Je suis tombé sur lui au premier coup de fil. Je me suis fait passer pour un acheteur éventuel de meubles régionaux. Comme je lui demandais s'il livrait à domicile, il m'a dit avoir prêté son break à un copain qui ne le lui a pas encore rapporté. Il fulminait au téléphone ! J'ai pris rendez-vous, il m'attend à son dépôt… Et vous savez où, patron ?… Rue des Rosiers !

Avait-il préparé son effet ? Ce fut une réussite. Une classe en folie à la suite d'un bon mot de l'élève interrogé ! Barge, tout en partageant l'allégresse générale, estima qu'il avait fort bien réagi, le petit. Prendre contact sans affoler au bout du fil est la règle d'or. Elle permet de gagner du temps et de coincer l'intéressé en douceur. La police abuse actuellement des concerts de sirène et des feux multicolores. L'influence du rock ou de la techno !

— Chapeau, Delmas ! Pour la peine, tu seras privé de sandwich, car tu es sur la bonne piste. L'on brûle… Va nous cueillir ton client, en douceur.

— Comme une rose, patron! Et en colis express.

Il en rajoutait, le jeune stagiaire, mais son enthousiasme faisait plaisir à voir et consolait des déceptions et de la morosité habituelles. Sur un signe, Grangier annonça la récréation. L'heure du Paris-beurre et de la bière moussue avait sonné. Barge rejoignit son bureau.

Il y fut rejoint par son adjoint et par la patronne. Elle n'avait pas assisté à la réunion de travail et venait aux nouvelles. Partageant le même goût pour la voile, elle conclut, optimiste :

— Bien. Trois cadavres, c'est suffisant pour que vous fassiez le point par triangulation.

Il n'avait pas fait pour rien l'École navale de réserve, Barge! Il releva le défi :

— À condition de ne pas se tromper d'amer! Il y a pas mal de hauts-fonds dans cette enquête...

— Soit! C'est vous le pilote... Je vous laisse à vos relevés, mais communiquez-moi au plus vite vos résultats. Là-haut, on s'agite !

Posant un regard lourd à hauteur de son estomac, elle ajouta perfidement :

— Après trente-six heures passées en Sologne, je vous conseille personnelle-ment un pain de mie-salade. Excusez-moi de ne pas pouvoir rester, on m'attend en haut lieu...

— Au Véfour ?

— Bien trop cher, Barge, même pour une cantine de hauts fonctionnaires hors classe !

Elle sortit sur un salut de la main.

C'est fou comme on s'agite toujours, plus haut. À croire qu'à fond de cale on joue aux billes, pensa Grangier, dont l'ap-titude à rester le petit doigt sur la couture du pantalon n'était pas la qualité pre-mière. Sans le rapport annuel de Barge, il aurait été catalogué « anar », ce qui, au 36, n'avait pas une importance capitale. Mais dans d'autres services...

*
* *

— Y a maldonne, monsieur le commissaire ! Moi, j'ai rien à voir avec cet abruti, s'il a fait une connerie avec ma caisse…

Delmas l'avait laissé mariner dans la voiture qui l'emmenait au Quai. Le « Vous verrez avec le commissaire principal » et son silence durant le parcours ouvert par le gyrophare valaient un préchauffage du four à 225 degrés. Il n'y avait plus qu'à se mettre à table.

Ce qu'il ne tarderait pas à faire. Il avait deviné d'où venait l'orage. Barge l'observait sans un mot. Un homme d'une trentaine d'années, trapu, brun, assez basané. Le type dont on attend un accent niçois ou corse et qui donnait dans l'ancien argot du cru. Le commissaire prit le permis de conduire et la carte grise posés devant lui, les examina. Son vis-à-vis, maintenant silencieux, se trémoussait sur sa chaise.

— Monsieur Pradier, vous n'êtes pas ici à titre de prévenu — jusqu'à nouvel ordre ! — mais en tant que témoin. Nous n'avons même pas attendu que vous portiez plainte quant à la disparition de votre voiture. Dans peu de temps nous l'aurons retrouvée. Vous voyez que la police est bien faite...

Louis Pradier, surnommé Loulou l'Encaustique dans le quartier des Puces, n'aimait pas particulièrement ces méthodes trop courtoises. Y avait anguille sous roche !

— Je dois cependant vous mettre en garde. Nous n'avons pas de temps à perdre. L'affaire qui nous préoccupe est trop sérieuse pour entendre des salades... Réfléchissez bien avant de répondre, vous vous éviterez des ennuis.

Un tel discours, sur un ton aussi calme, n'était pas pour calmer notre Loulou. Son visage reprit cependant des couleurs. Sûr qu'il fallait jouer le jeu !

— Vous savez, monsieur le commissaire, je ne suis pas du genre à rechercher les coups. J'ai rien à me reprocher ! Demandez-moi ce que vous voulez...

— Vous reconnaissez être le propriétaire de ce véhicule 947 AXD 93 ?

En même temps, il lui tendait une photo de son break. Un véritable agrandissement de la taille de leur photo de mariage, Monique et lui ! Ils s'emmerdent pas les flics... Et cette chiotte, en vedette sur fond de feuillages, qui s'offrait un week-end à la campagne. Une tire qu'avait fait le tour du compteur et pas mal de premières mains.

— Affirmatif ! Et j'ai payé ma vignette.

— Où est votre Peugeot actuellement ?

— Ah ça ! J'ai deviné tout de suite que mes embrouilles venaient de là. Je l'ai prêtée à... un ancien pote qu'est dans la merde actuellement, sauf votre respect. Il disait qu'il avait un enterrement en province.

— Son nom ?

— Hervé Chappuy.

Manifestement, le nom avait porté. Les deux flics s'étaient regardés, le sourcil en accroche-cœur. Il crut bon d'ajouter :

— Ce n'est qu'une ancienne relation commerciale. Il avait une bonne situation et m'avait mis en rapport avec son patron pour des meubles anciens. Il avait sa commission, c'est réglo.

— Et à sa levée d'écrou ?

— Ah ! vous êtes au courant ! Il est venu me taper une première fois…

Barge avait déjà traduit *me faire chanter*.

— Et puis, hier matin, il est revenu et a insisté lourdement pour m'emprunter ma caisse. Il avait vendu son Alfa Romeo pendant ses vacances au Club Med. Il allait justement à l'enterrement de son patron, qu'il disait. Je l'ai pas cru. T'as qu'à lire le canard, qu'il a rajouté. Moi, la lecture… J'ai fini par céder.

— Vous avez eu tort.

Le froncement de sourcils de Louis Pradier était dû à la réponse laconique du commissaire. Avait-il eu tort de ne pas acheter de journaux ou de faire sa BA ? C'est que, le Hervé, il était devenu méchant au gnouf.

— Vous connaissez cet homme ?

Côté photo, ils s'y entendaient, les poulets. De vrais artistes du 24 × 36, des Michel Ange de la pellicule ! Il sentit monter les premières bouffées de chaleur de la ménopause. Là, devant lui, un trou en guise de serre-tête, Hervé lui faisait un clin d'œil.

Il dut déglutir avant de reprendre d'une voix moins ferme :

— C'est bien lui, Hervé Chappuy... Mais je vous assure que j'suis pas dans le coup ! Les armes, moi, j'y ai jamais touché. Je suis un pacifiste ! J'ai même pas fait mon service militaire, c'est vous dire... J'suis blanc comme neige, parole !

— Un peu de fourgue, quand même, insinua le muet qui l'avait conduit dans ce merdier.

Un vicelard, ce jeunot. Faut lâcher du lest, Loulou !

— C'est-à-dire, dans le passé... quelques affaires pas très régules... Mais j'ai décroché. J'ai un casier non dépucelé, vous pouvez vérifier. J'ai racheté un bon pas de porte au marché Biron, je paie patente et je passe mes loisirs à cirer mes vieilles planches. On m'appelle pas Loulou l'Encaustique pour rien !

Il s'arrêta un instant avant d'avouer :

— C'est pas maintenant que je vais plonger. Faut vous dire que je m'suis marié, l'année dernière. Elle me drive, la belle Monique, et j'ai trop peur de me retrouver au placard. Les coups fourrés, ça finit toujours comme ça... ou avec un trou dans la tête !

— Sage résolution et bonne philosophie ! Je ne peux que vous inciter à persévérer, monsieur Pradier.

Loulou, décidément, n'aimait guère cet excès de politesse. Une fois dans la Renault des superflics, il ne s'attendait pas à être accueilli avec des « monsieur » longs comme ça. Il aurait préféré qu'on le bouscule un peu, à la limite. Avec ses allures de représentant patronal de l'Union fédérale des transporteurs face à un vilain routier en grève, ce zig était un drôle de zèbre. Les négociations n'étaient pas terminées...

La preuve, le commissaire reprenait, impassible :

— Savez-vous où est votre voiture maintenant ?

— J'allais vous le demander, monsieur le commissaire...

Grangier savait le patron susceptible :

il apprécia la réponse de Loulou... le caustique qui jugea plus prudent d'ajouter :

— Vrai ! J'en sais rien... et c'est bien ce qui me gonfle, vu la photo. Vous ne jouez pas les Robert Doisneau gratos... L'art pour l'art !

— Exact. Nous n'en avons ni le temps ni les moyens. Que savez-vous alors de votre vieille connaissance ?

— Il était secrétaire particulier d'un fils à papa que j'ai rencontré deux fois à l'occasion, lors de livraisons de meubles dans son appart. Un chouette duplex dans le XVIe.

— À part cela ?

Il hésita puis repartit de plus belle.

— Un type pas net, ce Chappuy ! Le genre intello attardé, mâtiné pique-assiette et ramasse-miettes. Fifty-fifty, qu'il exigeait dans les transactions !

— Pour des copies au prix d'originaux ?

— Parfois, oui. Mais j'ai jamais rien certifié, moi ! Si son patron payait cash... Le genre grand seigneur.

— Au-dessus des contingences mesquines… Je vois, dit un autre policier qui jusqu'ici s'était tu.

— C'est ça. Sûr qu'il allait bouffer la galette de ses vieux en moins d'une génération, le frère !

— Il n'en aura pas l'occasion. Savez-vous qu'il est mort de la même façon que votre ami Hervé ?

— Mon ami… mon ami… N'exagérons pas ! On n'a pas fait notre communion ensemble. Sans vous commander, faudrait peut-être voir du côté des nénettes. Ils portaient beau, les frangins, et avec le pognon qui coulait des paluches du châtelain, ils les attiraient.

Comme les poulagas ne répondaient pas, il préféra en rajouter une couche :

— Ça les a pas empêchés de s'en prendre à une minette qu'était hors du coup… C'est salaud, quand même ! D'autant qu'ils se sont fait alpaguer…

— Je constate que chez vous la moralité navigue de conserve avec la prudence, nota le commissaire.

Le témoin resta perplexe. Il n'osait pas faire répéter et tint cependant à conclure :

— Faut savoir que ces deux-là, les gon-
zesses, c'était leur obsession, leur drogue !
En manque, ils en auraient cultivé…

— C'est mieux que les roses blanches !
remarqua le plus jeune policier.

Louis Pradier se demanda si ce poulet
avait toute sa raison.

VIII

Le parquet de Paris avait confié l'instruction de cette dernière affaire au juge Fournier.

Il écoutait avec beaucoup d'attention le commissaire principal Barge lui résumer cette bizarre trilogie. La journée avait été longue pour le policier. Comme il cherchait un reste de salive pour lire un rapport médico-légal, le magistrat l'interrompit :

— Voulez-vous un whisky, Barge ?

Il aimait bien travailler avec cet homme à la fois courtois et dynamique. Un élément précieux et bien élevé. Un policier policé ! Le modèle n'est pas d'usage si courant : il ferait bientôt un excellent divisionnaire. Et puis, c'était l'heure où il sacrifiait à son habitude quotidienne, au terme d'une longue journée.

Il n'était jamais pressé de rejoindre le domicile conjugal pour entendre parler de la première dent du dernier, à moins que ce ne fût de la dernière dent du premier. La délicieuse jeune personne qu'il avait épousée un jour, entre deux dossiers, s'était muée en une jeune grand-mère épanouie. Il ne s'y était jamais fait.

Mademoiselle Destin, un nom prédestiné, n'attendait que son appel pour servir avant de regagner au plus vite sa banlieue. Après vingt heures, les trains se faisaient rares à Saint-Lazare. Avec efficacité elle servit la patronne de la Crim qui venait de les rejoindre, puis le juge et le commissaire. Un bel homme ce Barge, toujours souriant malgré une certaine froideur. Cette froideur naturelle qui embrase le cœur des femmes.

Elle soupira. L'idée de retrouver son Bernard quotidien, aux pieds meurtris par des kilomètres de trottoirs et d'escaliers pour tenter de placer une assurance-vie, lui faisait l'effet de quitter les bras de Robert Redford pour passer la nuit avec Gérard Jugnot.

Le chaleureux remerciement de ce même Robert Redford lui tint chaud jusqu'à la station de métro.

Barge profita d'une intervention de la patronne pour souffler un moment. Bien calé dans son fauteuil de cuir, le juge Fournier analysait la situation avec autant de soin qu'à la première heure de la journée. On le disait un monstre au boulot, dur avec lui comme avec les autres.

La patronne penchait plutôt pour un phénomène de compensation. Encore un de ces mâles qui ne trouvent de plaisir que dans leur travail. Un de ces stakhanovistes oubliés par la chute du communisme ou de ces Japonais oubliant de rejoindre le tatami conjugal. Dans une société partagée entre ceux qui croulent sous le travail et ceux qui n'en ont pas ! Et l'on brode sur les trente-cinq heures par semaine... Mais où sont les pointeuses d'antan ?

Sa mauvaise humeur passée, elle reconnut qu'elle était fort mal placée pour porter de tels jugements, à en juger par sa présence à rallonge et par celle qu'elle obtenait de ses hommes.

Barge ne se posait pas autant de questions sociophilosophicopolitiques. Il n'avait pas, comme la patronne, une petite famille se languissant de son retour au foyer. Blanc de blanc, tout au plus...

Il décompressait, satisfait du parfait dosage malt-Perrier bien frais, tout en examinant les mains du juge. Des mains de tueur, pour un romancier trop imaginatif. Comme s'il existait des mains de tueur... ou de pianiste ! En fait, des mains aux doigts boudinés, proportionnels à la carrure de ce Bourguignon bon teint, solide et couperosé comme ses ancêtres dont il avait gardé l'accent et le volume.

— Alors, Barge, que comptez-vous faire ?

Il eut envie de répondre « me coucher de bonne heure ! » mais il n'avait pas l'aplomb d'un Delmas.

— Retrouver le dénommé Hassan Haouz, le troisième homme condamné pour viol, avant qu'un autre ne lui offre des fleurs. J'ai mis une équipe dessus.

— Vous croyez à une vengeance ?

— Faute de mieux, c'est la première piste qui s'offre à nous. La seule qui permet au moins de joindre deux points par une même droite.

— Que donne le dossier du viol de la jeune fille ?

— Peu d'éléments extérieurs. Apparemment, elle n'avait plus de famille, pas de liaison. J'ai demandé les minutes du procès, mais comme nous sommes les premiers à le faire, il faut une traduction de la sténotypie.

— Et ce sera long, bien sûr, avec notre manque de personnel. Pauvre administration judiciaire ! On se demande où se cache cette pléthore de fonctionnaires dont parle la presse. En tout cas, pour revenir à cette malheureuse, ce n'est pas elle qui distribue des roses… d'où elle est, soupira le juge d'instruction.

— Qui sait ? D'après le Coran, le paradis d'Allah est tapissé de roses de Dadès ou d'El-Kelaa des M'Gouna.

Le juge fronça les sourcils. Assurément il n'avait pas fait le Sud marocain en 4×4 et admiré la fête annuelle si colorée, le Moussem des roses. Plus réaliste, il demanda :

— Qui peut bien s'être chargé de la venger ? Et pourquoi si tard ?

— Qui ? Il nous faut remonter jusqu'à lui. Nous fouillons le passé de Geneviève Girard. Si tard ? Les coupables viennent seulement d'être élargis. Et puis la vengeance est un plat qui se mange froid, n'est-ce pas ?

Le magistrat secoua la tête, peu convaincu. Il préférait sans doute un repas chaud.

— Il doit bien exister d'autres raisons, bon sang !

— De nombreuses, dans chaque cas, assurément. Mais il nous manque une seule raison : une raison commune aux trois crimes, à cause de la signature florale. Maître Praquin peut avoir été tué pour une sordide affaire de mœurs, Hervé Desforges être éliminé par un membre de sa famille et Chappuy par un voyou. Mais il y a ces fichues roses blanches, et, croyez-moi, elles ont des épines !

*
* *

Hassan n'était pas né du dernier souffle de sirocco. Un keuf, il vous le respirait à trois dunes de là. Mais cette fois, ils y avaient mis le prix. Rien que des voitures banalisées, des types plus ou moins crades, en jeans et baskets de fin de course.

Sans Khader, son poisson-pilote, il se serait fait ramasser comme une rose des sables en plein Tassili. Et chargé comme une chamelle! Il avait eu le temps de balancer la came dans une poubelle, d'entrer au 37, de traverser la cour à la vitesse d'une gazelle et de débarquer rue Myrha du pas paisible de Brummel à la recherche du magasin Tati.

Il ne sut jamais si c'était la semaine du blanc car, à l'angle du boulevard Barbès, un grand Noir le crocheta d'une clef au bras avant de le balancer dans une Peugeot qui se voulait accueillante. Si les frères de couleur s'y mettent aussi!

— Hassan Haouz?

Le type, sur la banquette arrière, lui laissait une généreuse place.

— Oui! C'est pas un crime...

— Brigade criminelle, justement! On aimerait avoir une conversation avec toi au Quai des Orfèvres.

— Vous m'arrêtez? J'ai rien fait, moi! J'ai des papiers, je suis en règle. Vous n'avez pas le droit!

— Calme-toi! À ta place, je serais heureux de bénéficier de notre hospitalité maison. On te fait une fleur, crois-moi!

Le Noir s'était installé à l'avant et la voiture était repartie dans l'indifférence générale d'un quartier animé où chaque fourmi est programmée et se fout de son prochain. On peut vous kidnapper le plus naturellement, en plein jour, sur le compte de la Caméra invisible!

Un flic relativement cool. Sûrement pas des Stups. Il est vrai que Hassan n'avait rien du Noraf débarqué la veille de son douar natal. Des traits fins, des vêtements de qualité plus courants sur les Champs-Élysées qu'à Pigalle et un français sans accent lorsqu'il se surveillait. Au point que dans certains bistrots il devait faire un effort pour être garanti pur beur.

À la demande du black, il lui tendit sa carte d'identité et s'étonna de s'entendre annoncé comme une vedette américaine, dans une formulation digne des messages personnels de la BBC durant la dernière guerre :

— Allô… Grangier ? Nous avons cueilli votre rosière. Nous vous la livrons… fraîche comme une rose !

— Merci, Interflora ! On prépare un vase.

Hassan n'avait rien contre le baroque ou les folies berbères. Il aurait aimé néanmoins être au parfum.

*
* *

On le palpa à nouveau avant de l'introduire dans un bureau qui sentait le poulet fermier haut de gamme. Le label NF qui ne sort pas d'un élevage en batterie. COMMISSAIRE PRINCIPAL BARGE, d'après la plaque sur la porte.

— Asseyez-vous… Vous êtes bien Hassan Haouz ?

Sur un signe de tête du garçon, surpris d'une telle renommée, il reprit :

— Je suis vraiment satisfait de faire votre connaissance. Pour une fois que nous n'arrivons pas en retard… J'aimerais que vous me racontiez votre vie, monsieur Haouz. Je suis curieux de nature.

Le style relaxe, narquois au plus, n'était pas pour lui déplaire. Il avait connu plus musclé, plus féroce. Autant satisfaire un tel besoin de curiosité, il finirait par comprendre ce qu'on espérait de lui.

— Qu'est-ce que vous voulez que je vous dise, moi ? Un HLM pas trop pourri à Colombes, un père employé aux services techniques de la ville (éboueur, traduisit Grangier pour lui-même), une mère au foyer avec cinq autres frères et sœurs. Le collège Robert-Schuman puis le lycée Albert-Camus, à Bois-Colombes, plus coté. Le bac à dix-huit ans…

Le commissaire hocha la tête en connaisseur pour l'encourager à continuer.

— J'ai tenté médecine… à cause d'une

jeune voisine infirmière stagiaire de l'hôpital Louis-Mourier.

— Un gros morceau !

Grangier se demanda si le patron pensait au volume des études... ou de l'infirmière.

— Oui ! J'ai échoué en fin de première année. Je ne pouvais pas redoubler : je me suis rabattu sur la kinésithérapie. J'ai décroché mon diplôme, mais pour trouver du travail, avec un nom et un faciès transmed... J'ai galéré. Mon père a été accidenté. Je suis l'aîné, je devais m'occuper de la famille. J'ai bricolé à droite, à gauche...

— Et dans le milieu... glissa un vicieux qui devait jouer le rôle du méchant dans la troupe.

Hassan allait le moucher mais il aperçut un dossier à son nom sur le bureau. Il était inutile de jouer à cache-cache.

— Oui... j'ai dealé un moment, mais c'est fini, ma parole !

— De quoi vivez-vous depuis votre sortie de la maison d'arrêt ?

Ils savaient tout, bien sûr ! Ça n'allait

pas le poursuivre toute sa vie, non ? Il respira profondément pour se calmer.

— Je suis au chômage. Je cherche du
travail...

— Stupéfiant ! suggéra le vicelard, la
mine réjouie.

— Avez-vous trouvé quelque chose sur
moi ?

— Non. Il y a erreur d'étage ! Vous n'êtes
pas à la BRTIST*, aux Stups, si vous pré-
férez. Nous n'avons d'ailleurs pas procédé
à une fouille qui vous conduirait en garde
à vue. Vous n'êtes ici qu'à titre de témoin.
Dommage pour vous, peut-être !...

Hassan se tourna vers le commissaire,
le sourcil interrogatif.

— Le lieutenant Bricourt n'a pas tort.
Après l'affaire du viol de Mlle Geneviève
Girard...

— Je ne l'ai pas violée ! Je l'ai toujours
affirmé mais on ne m'a pas cru.

— Vous avez été condamné cependant
à deux ans...

---

* Brigade de répression du trafic illicite des stu-
péfiants et de la toxicomanie.

— Oui. Parce que j'étais dans l'appartement avec ces deux malades à qui j'avais fourni de l'herbe... et pour délit de sale gueule ! Cette fille, je l'ai pas touchée.

— L'a-t-elle reconnu durant l'instruction ?

— Elle aurait été bien en peine : ils lui avaient fait boire du whisky à la bouteille, de force.

— Vous aviez bu aussi ?

— Je ne touche jamais à l'alcool...

— Ni aux femmes, peut-être ?...

Hassan savait se dominer. Il ne se tourna même pas vers le guignol de service. Le commissaire reprit :

— Il aurait été préférable pour vous d'être arrêté porteur de hasch, voire de coco. Vous vous seriez retrouvé momentanément à l'abri...

— Très peu pour moi, merci !

— À l'abri, disais-je, d'un tueur qui vous recherche...

— Pour vous offrir des fleurs ! confirma le spirituel maison.

À quel jeu étrange jouaient-ils ? Il ne comprenait rien mais sentait l'inquiétude le gagner. Une vieille peur intestine... À faire Kafka dans sa culotte, comme disait son prof de philo. Le visage du commissaire s'était durci.

— Vous êtes effectivement en danger de mort. Un tueur s'est acharné sur ceux qui ont violé Geneviève Girard. Déjà vos deux complices l'ont payé de leur vie. Vous n'avez pas lu la presse, vous aussi ? On ne parle que du Tueur à la rose.

Il secoua la tête avant d'ajouter, après réflexion :

— Ah si ! J'ai vu ce titre dans un journal. Je ne m'y suis pas plus intéressé qu'aux amours de Caroline de Monaco. J'ai assez avec mes problèmes...

— Celui-ci pourrait bien s'ajouter aux autres. Et être le dernier !

— C'est... c'est si sérieux ?

Le commissaire se contenta de lui tendre une série de photos. Hassan ne vit qu'une chose : le petit trou rond dans l'os frontal de ceux que les flics appelaient ses complices. Un trou bien net, à la mèche de 9 !

Pour avoir fréquenté loubards et trafiquants de tout poil, connu des moments difficiles, des situations délicates, et dû sa liberté à des réflexes rapides et un sprint infatigable, il ne se sentait pas l'âme d'un désespérado. Le genre tueur de l'ombre, le dingue, ça ne le branchait pas. Mais pas du tout ! Gamin déjà, il avait moins peur des grands du HLM voisin que du noir, des coins sombres autour des bâtiments. Il ne serait pas allé de nuit à la cave pour une paire de rollers. Le danger, il l'acceptait, mais de face. Quitte à lui tourner le dos et à cavaler de toute la vitesse de ses petites jambes. Sa conception n'avait pas changé : courageux mais pas téméraire !

— Dans cette histoire, moi, j'ai déjà payé. Qu'est-ce que je peux faire de plus ?

— Tout… et rien.

— Mais encore ?

— Nous vous devons protection, mais, pour être valable, elle doit s'appuyer sur votre coopération. Nous ne pouvons nous montrer efficaces qu'avec votre participation pleine et entière.

— Sinon ?…

— Sinon, vous êtes un homme mort !

Celui qui vous guette n'a rien d'un amateur. Il vous frappera quand il voudra, là où vous l'attendrez le moins.

— Oh ? dites... (L'émotion lui faisait retrouver son accent beur.) Vous n'avez pas derrière la tête l'intention de me faire servir d'appât ? La chèvre qu'on attache au pied de l'arbre...

— C'est une solution.

— Vous n'auriez pas la taille au-dessus ?

— On peut vous coller une équipe vingt-quatre heures sur vingt-quatre. Il nous faut alors connaître votre emploi du temps précis.

Il grimaça, imagina... ce à quoi pensaient les flics puisque le vicelard remarqua :

— La tronche des Stups en le voyant fourguer son shit sous la protection de la Crim !

Hassan secouait la tête.

— Notez qu'en ce qui concerne vos deux anciens complices, le tueur a opéré de nuit. Où dormez-vous actuellement ?

— Je... J'ai dû revenir chez mes parents

à la sortie du trou. Deux ans d'absence, je repars de zéro.

— Finalement, c'est peut-être plus délicat de s'introduire dans un HLM que dans un château, nota un des policiers.

— Possible, mais c'est aussi plus difficile à surveiller. D'autant que si nous laissons des équipes sur le parking, même dans un sous-marin, les loubards du coin vont rappliquer.

— Non ! Ce n'est pas la jungle à Colombes ! Quelques jeunots, parfois, qui se font la main sur une mob, histoire d'organiser un raid… Rien de plus !

— Vous pourriez les affranchir, qu'ils nous oublient ?

— Je pense, oui…

Manifestement, l'idée d'expliquer aux jeunes du quartier que des keufs, dans leur tire, le protégeaient du Grand Méchant Loup, ça la foutait mal. Un ex-taulard ! Pour certains gamins, revenir de Fresnes vaut le pèlerinage à La Mecque. Ils en avaient fait leur *hadji*. Faut dire que la religion, eux, ils s'en tapent !

— Et le jour, vous comptez m'accompagner à l'ANPE ?

— Je pourrais provisoirement vous trouver un job sous haute surveillance...

Il savait qu'il n'avait pas le choix : il acquiesça dans une grimace. À l'évidence, Hassan Haouz ne voyait guère la vie en rose.

IX

Le lieutenant Bricourt n'avait pas chômé. Pourtant, le dossier GENEVIÈVE GIRARD avait la minceur de son traitement après déduction de la CSG.

Orpheline à dix-sept ans à la suite d'un accident de voiture, elle semblait avoir vécu depuis pour ses seules études et son unique passion, la musique. Elle avait décroché tour à tour un CAPES de lettres classiques et un premier prix de violon.

On ne lui connaissait pas de liaison. Tout au plus un « monsieur très correct » qui la ramenait à sa porte au retour d'un spectacle. Ses collègues de lycée la disaient gentille mais bloquée, très « vieille fille ». Ses élèves, douce mais ringarde. Elle n'était pas chahutée pour autant car elle savait les intéresser. Elle redevenait

alors vivante, jolie même, d'après les gar-
çons de terminale guère moins jeunes
qu'elle. Elle avait vingt-cinq ans lors du
viol.

Le procès, l'année suivante, n'eut pas
un grand retentissement en raison d'une
actualité très chargée. Les paparazzi ne se
bousculent pas pour du menu fretin.
Maître Gaboriau, une fine lame, vint facilement à bout de la partie civile, confiée à
une jeune avocate plus passionnée que
persuasive. La peine, bien légère, n'entraîna de protestations que dans la salle.

Un mois après, Geneviève Girard se
suicidait.

Bricourt avait obtenu un rendez-vous
pour le patron avec le professeur Dalbray,
le directeur de la clinique de neuropsychiatrie où la malheureuse avait échappé
à une existence devenue trop lourde. Il
avait pu arracher quelques confidences à
une infirmière du service, en attendant.

La jeune fille souffrait de rétro-infantilisme. Repliée sur elle-même, elle était
redevenue une petite fille très sage. Elle

avait réclamé sa poupée et ne reconnais-
sait plus les visiteurs, ses collègues et un
monsieur, qui venaient troubler sa tran-
quillité, son monde à elle. Il fallut leur
demander de ne pas revenir momentanément.

Ses phases de retour à la réalité étaient
fort éprouvantes. C'est au cours de l'une
d'elles qu'elle s'était taillé les veines à
l'aide d'un éclat de cristal. Celui d'un vase
en baccarat fourni en fleurs fraîches
chaque vendredi par les soins d'une fleuriste proche de la clinique.

— Tu l'as interrogée, bien sûr ?

— Oui. La commande s'est faite par
téléphone — une voix d'homme ! — trois
mois après son admission. L'époque où il
fallut suspendre les visites. Le paiement a
été effectué par un mandat-carte, anonyme, qui couvrait les dépenses de la première année. La fleuriste n'en sait pas
plus.

— Ainsi, il avait déjà envisagé sa vengeance !

Barge secouait la tête, ne parvenant pas
à saisir un tel personnage capable de pro-

grammer une série de crimes deux à trois ans à l'avance.

— Oui, on peut le penser. Un modèle de discrétion, ce type... Vous ne serez pas étonné d'apprendre qu'il avait commandé uniquement des roses blanches...

*
* *

Le professeur Jérôme Dalbray les reçut à contrecœur.

— Vous comprendrez, messieurs, que je suis tenu à la plus grande discrétion par le secret professionnel...

La formule chère était lancée. Il convenait de ne pas l'aborder de front, de jouer par la bande. Le bonhomme devait avoir une haute opinion de lui-même, entretenue par son mandarinat. Le commissaire ne détestait pas de s'attaquer à plus fort que lui dans le domaine de la psychologie...

— Bien entendu, professeur. Seulement, il se trouve que vous êtes le seul qui puissiez nous permettre de faire l'économie d'un nouveau crime. Aussi ai-je tenu à vous rencontrer personnellement, ailleurs qu'entre deux portes.

Le visage du praticien se détendit, l'œil se fit plus sondeur. Barge avança son pion d'une case :

— Mes quelques lumières en criminologie se heurtent à un individu animé d'une soif de vengeance inextinguible. Un dangereux psychopathe que je ne parviens pas à cerner…

— En somme, votre professeur Moriarty, Holmes ?

— C'est un peu cela, mon cher Watson.

Il avait mordu à l'hameçon. Barge avait osé, l'avait ferré. Il fallait mouliner en douceur, ne pas casser le fil. Les plus grands cerveaux sont des lecteurs de romans policiers : il en oublierait la rigueur du secret médical.

Le professeur avait hoché la tête en levant les bras au ciel. Il semblait flotter dans sa blouse blanche, nager dans le fauteuil de cuir, mais dès qu'il parla il prit de l'ampleur :

— Il n'y a que les imbéciles ou les hypocrites pour nier la volupté suprême qu'enfante la vengeance! Prétendez-vous ignorer la sensation de délivrance qu'elle procure?

Grangier baissa la tête, comme pris en faute. Barge tenta un timide :

— Mais le pardon?...

— Le pardon! Ils évoquent le pardon! Mais c'est une notion morale étrangère à l'inconscient... Il n'y a pas de pardon, dans l'inconscient! Heinrich Heine admettait tout au plus : «Certes, il faut pardonner à ses ennemis, mais pas avant qu'ils ne soient pendus.»

Il marqua un temps d'arrêt à la suite de cette docte citation pour juger de l'effet de sa diatribe. Pause que Grangier mit à profit pour intervenir :

— C'est justement lui qu'il faudrait pendre, à la limite... mais il se méfie, ne prend pas de risques.

— Fantaisie! La perspective du châtiment, loin de faire hésiter le criminel, le pousse à commettre ou à répéter l'acte interdit.

Barge n'avait pas apprécié la fougue de son adjoint. Il ne pouvait que continuer :

— Et nous devons attendre qu'il renouvelle ses exploits alors que vous détenez son profil psychologique ?...

Sous ses paupières mi-closes, les yeux du professeur brillèrent.

— Connaissez-vous les raisons de son acte ?

— Le viol d'un être cher. Votre ancienne patiente précisément, Mlle Geneviève Girard.

Il allongea le bras, saisit le dossier qu'avait préparé sa secrétaire, l'ouvrit et le consulta brièvement.

— Oui, en effet, je me souviens très bien de ce cas fort intéressant de névrose traumatique.

Il se tut. De longues secondes, comme s'il n'était plus là, avant de reprendre plus sourdement :

— Dire qu'il aurait suffi que ce viol fût accompagné d'une blessure, d'une lésion organique, pour que cette névrose ne parvînt pas à s'enkyster !

— Vous croyez ?

— Non ! Je sais ! Un bon traumatisme crânien aurait tenu lieu de châtiment. Une série de coups aurait gratifié le sentiment inconscient de culpabilité de cette malheureuse. Que ne l'ont-ils battue !

— Mais elle n'avait rien à se reprocher...

— Qui n'a rien à se reprocher dans son inconscient ? Chez elle, tout particulièrement.

Barge ne craignit pas d'en rajouter, pour provoquer :

— Une jeune fille rangée, comme on n'en fait plus...

— Raison de plus, commissaire ! Le sentiment de culpabilité lié au sexe est plus intense chez une personne vertueuse. La pudeur refoule les pulsions sexuelles, les alimente, les intensifie.

— La libido ?

— Oui, vous avez compris !

On eût dit qu'il s'adressait à de jeunes internes au cours d'une visite. L'explication prenait la forme d'un cours, de travaux pratiques pour première année de stage.

— L'Église l'a bien compris quand elle condamne le rigorisme poussé à l'extrême, ce qu'elle appelle la «tentation du désespoir». Saint Augustin, dans sa jeunesse, n'a-t-il pas écrit : «Ô Seigneur, accorde-moi la chasteté, mais je t'en supplie, pas trop tôt!»

Il apprécia le sourire de ses visiteurs et continua son exposé :

— Le mécanisme qui mène à la secte, à l'intégrisme ou à la révolution est le même qui conduit au sacrifice... ou au suicide.

Grangier, à en juger par les regards qu'il lançait à son patron, semblait perdre pied. Lui qui pensait que dans un asile seule la blouse blanche différenciait les malades du personnel! Il existait aussi un langage technique propre à la maison. Barge tint à ramener le problème sur un plan plus concret :

— Mais son justicier, comment le voyez-vous?

— Demandez-vous quel sentiment peut armer son poing. Il n'est ni le père ni le frère?...

— Non...

— Elle était jeune, agréable, sérieuse...
Concluez vous-même !

— L'amour...

— Avec un grand A ! Cet Amour qui ne
voit le jour que là où toute gratification
sexuelle directe, immédiate, est repoussée.
Refoulée ! C'est l'exemple type de l'inhibi-
tion sexuelle par suite de la remise à plus
tard de l'acte libérateur. Ou votre homme
est jeune, pas encore détaché de sa mère
et des rêves incestueux qui ont pu mar-
quer son enfance. Ou bien il est assez âgé :
il a souffert d'une femme volage, d'une
épouse infidèle. Il a fait de cette jeune fille
le symbole de la pureté. Vénus sortant des
flots dans sa pureté originelle. La *Vénus*
de Botticelli !

Il s'interrompit un moment, plissa les
paupières avant de préciser :

— Par expérience, il savait que l'acte
sexuel éteindrait sa flamme amoureuse :
il l'a respectée. Que des intrus viennent
saccager son jardin secret, profaner celle
qu'il a mise sur un piédestal, il ne connaît
alors que la loi du talion ! Une partie de

lui-même est morte avec la personne aimée. Il n'a plus rien à perdre.

— En cela, il est dangereux.

— Oui, en raison de sa frustration psychique qui le pousse à répéter l'acte interdit. Un être amoral, lui, serait à l'abri d'une telle réaction. Mais il n'est pas pour autant un redoutable psychopathe, un tueur organisé, asocial. Encore moins un paranoïde psychotique, souvent schizophrène, qui improvise. Un *serial killer*, pour reprendre le jargon américain. Lui se fond dans la société en attendant son heure.

— Il va néanmoins tuer le troisième auteur du viol?

— Affirmatif! Et il s'en tiendra là... À moins qu'il ait déjà reporté la responsabilité sur d'autres qui pourraient alors s'ajouter à la liste.

— Il nous faut faire plus vite que lui.

— Je le crains. Mais vous finirez par le coincer... Et ce pour deux raisons. La première, c'est que leurs crimes resteraient impunis pour la plupart si ces criminels n'étaient pas aussi obsédés par leur geste.

Le besoin de punition inconsciente les pousse à fournir des preuves contre eux-mêmes. Le souci de se trahir, de se désigner suinte par tous leurs pores. Ils abandonnent des petits cailloux derrière eux, comme le Petit Poucet.

— Des roses blanches, par exemple !

— Vous avez là un cas typique, en effet.

— Pourquoi des roses ?

— Le symbole de la pureté, rehaussé par la blancheur de l'innocence ! Le *Roman de la Rose*... Tout un symbolisme ! Rassurez-vous, il n'aura de cesse de vous provoquer car vous personnifiez le châtiment qu'il recherche. Vous êtes le Grand Purificateur...

Le professeur semblait vouloir mettre fin à leur entretien. Barge ne comptait pas s'en tenir là :

— Et la seconde raison pour laquelle, d'après vous, je finirai par le « coincer » ?

L'homme en blanc sourit et se leva, la main tendue.

— Parce que vous êtes très habile ! La preuve, vous êtes parvenu à m'en faire dire beaucoup plus que je ne le devais sur ma patiente. Vous saurez le faire parler à son tour... Revenez me voir si vous avez un problème : je ne vous enverrai pas sur les roses !

*

* *

Un boulot dans ses cordes, la protection discrète des types de la PJ et sa petite amie qui lui avait pardonné... Avant peu Hassan en oublierait les longues stations debout dans l'attente d'un camé en mal de remontant.

Tout avait été réglé en moins de quarante-huit heures. Du moins en ce qui concernait son job ! Un remplacement, pour commencer. On ne pouvait trouver mieux : masseur-kinési dans l'équipe de la salle omnisports de la PJ où s'entraîne le commissaire principal Barge. D'ailleurs ses nouveaux collègues le lui avaient confié dès le premier soir, en lui recommandant de le faire souffrir. Tu parles ! Deux séances de piscine et deux à trois heures de tatami par semaine (il était ceinture noire deuxième dan, mine de rien !) lui évitaient toute graisse superflue. À part peut-être au niveau de l'estomac malgré des abdominaux quadrillés Nestlé.

Il attaquait sa deuxième semaine et commençait à ne plus souffrir des avant-bras. Les massages, ça vous pompe ! Énergie et muscles.

Ce soir-là, le commissaire Barge avait longuement bavardé avec lui lors de la remise en forme après une heure d'entraînement. Sympa, ce keuf ! Il lui avait demandé, l'automne et l'heure d'hiver aidant, de ne rentrer chez lui qu'à la nuit. De jour, ses équipes de surveillance exciteraient la curiosité des voisins.

Aucun problème les jours de semaine : il finissait tard. Comme ce soir, où il en avait plein les bottes ! Il gara sa Clio — mais où sont les BM d'antan ? — en face de l'escalier D, faute de place près du C, débrancha vite fait son coupe-batterie astucieusement placé et sortit.

Ses anges gardiens rappliquaient. Ils avaient changé de tire, eux aussi. Il s'en était rendu compte à La Garenne en s'arrachant à un merdier pas croyable à cette heure. Il s'amusait dans son rétro à surveiller ses surveillants. Il croyait les avoir semés, mais c'était une autre équipe qui avait pris la relève.

Comme il passait près de la bagnole qui venait de se garer — tiens, une Mercedes, ils ne se refusent rien au Quai des Orfèvres! —, la porte arrière s'ouvrit.

— Monte donc, Hassan, qu'on cause un peu!

Il allait s'élancer, mettre en pratique son sprint de derrière les JO, mais le pistolet braqué sur lui n'avait rien de celui du starter. Le petit trou rond du canon lui rappelait celui imprimé au milieu du front de ses anciennes relations. Il resta paralysé.

— Allons, monte! Ne me fais pas attendre.

Du regard, il fouilla le parking dans l'espoir de feux protecteurs. Rien. Putain de flics, ils ne sont jamais là quand on en a besoin!

*
* *

Barge avait hésité à prendre un autre demi. Toujours la même question : on s'entraîne pour se maintenir en forme et surtout perdre du poids, mais on ne rejette que de l'eau. Et l'organisme ne demande qu'à la récupérer. Si seulement on pouvait suer les lipides par tous les pores !

Il perdait un kilo à chaque entraînement sans pour autant parvenir à stabiliser, voire à baisser sa courbe de poids. Aussi, ce soir, avait-il pris la décision de ne pas se rendre dans ce petit bistrot découvert la semaine dernière. Décision qui se révélait héroïque car, à peine le kimono retiré, il s'était senti un petit creux... Soif et faim ! Cruel dilemme...

L'imagination est l'arme la plus dangereuse à la portée des gourmands. Ne venait-il pas d'évoquer la carte de ce petit resto familial dont certains plats, pas encore essayés, défilaient parmi les neurones affamés d'un lobe cérébral du goût anormalement surdéveloppé chez lui ?

Il était encore temps de reprendre la voiture et de filer rue de Verneuil. Blanc de blanc, en épouse modèle, le remit dans le droit chemin. Elle sauta sur ses genoux afin de lui rappeler sa satisfaction de le voir enfin au foyer. Sous la caresse de ses doigts habiles lui massant le cou, elle se fit chatte et laissa échapper un ronronnement de plaisir. Ah, ces doigts qui jouent, explorent, triturent. Et lui qui agissait machinalement, comme tous ces hommes à femmes, peu conscients des émois qu'ils provoquent. Elle se sentait devenir chienne…

— Allez, pousse-toi, ma belle ! J'ai faim, moi. Pas toi ?

Il n'y a qu'un homme pour avoir faim dans ces moments-là ! Sans plus de façon, il l'avait déposée au pied du fauteuil, avait ouvert le réfrigérateur, en faisait la tournée d'inspection. Il en sortit un reste de saumon fumé, des œufs, du fromage, des fruits. C'était jour maigre, soir de régime !

— Que dirais-tu d'une brouillade aux truffes ? Il doit m'en rester une… Avec une petite bouteille de beaujolais village ? Ça te dit ?

L'hypocrite ! À croire qu'elle buvait… Il

n'avait même pas sorti son lait. Le téléphone sonna comme il battait ses œufs.
Bien fait !

— Ah ! Patron ! Ici la voiture 2. Hassan
nous a semés...

— Pas de problème. Quand je l'ai
quitté, il m'a assuré qu'il rentrait chez lui
directement.

— Oui, mais il y a un os... On a l'im-
pression que quelqu'un d'autre est sur le
coup. Une Mercedes qui a pu se dégager
d'un embouteillage pas possible. Nous
sommes restés en carafe. Est-ce qu'on
monte au gyro ?

La question n'était pas gratuite. La
chèvre était attachée trop court au pied de
l'arbre. Arriver en fanfare, avec sirène et
gyrophare, c'était perdre l'occasion de
cueillir notre homme... mais sauver plus
sûrement Hassan.

Malgré une certaine angoisse, Barge
s'entendit répondre :

— Non ! Au plus pour vous décoller de
votre chewing-gum... Puis foncez en douceur. Il nous le faut, ce type ! Je demande
du renfort et file vous rejoindre.

Blanc de blanc eut beau se mettre dans ses jambes, il était déjà parti.

*
* *

— Alors, on ne reconnaît plus ses anciens employeurs ?

Si la voiture, immobilisée sous cette pluie d'automne, avait été éclairée de l'intérieur autrement que par le halo bien pâle des lampadaires, l'homme aurait lu sur le visage de son ex-employé un sourire de satisfaction plutôt étonnant dans cette situation. Ce n'était qu'eux ! Hassan respira.

Si invisible qu'il fût, ce sourire témoignait cependant d'un certain optimisme car le boss avait pris la peine de se déplacer dans cette banlieue de bout du monde en compagnie de deux porte-flingue pas particulièrement affables. Le Noir surtout, un jumeau adultérin de Tyson à n'en pas douter. Un dealer n'a guère de chances de reprendre ses billes, de quitter son job sur

un coup de tête. Surtout en conservant ses
échantillons ! Mais entre deux maux...

— Où est la came, petit ?

— Dans une poubelle... Enfin, à l'heure
qu'il est, partie certainement en fumée
dans l'incinérateur de Saint-Ouen.

Il n'allait pas leur balancer que Khader,
ce gamin roublard qui assurait sa surveillance, s'était certainement emparé
du butin à titre de dédommagement
pour absence de préavis et licenciement
abusif.

— Tu te fous de nous ?

— Les keufs m'ont alpagué alors que
j'avais tout le paquet sur moi. J'ai dû
lâcher du lest dans la première poubelle
venue !

— T'as fait ça ? Tu sais pour combien il
y en avait ?

— Vous auriez voulu que je le dépose à
votre nom au greffe du tribunal ?

La question mit un certain temps pour
se véhiculer du pavillon de l'oreille interne
aux dernières cellules nerveuses de la
compréhension, au fond à droite, près du
cervelet. De quoi provoquer une arythmie

ventriculaire chez le moins stressé des PDG.

— Et... ils t'ont relâché?

— Bien sûr, j'étais blanc comme neige!

Celle-là, il en était sûr, le lieutenant Bricourt ne l'aurait pas manquée, ce tordu!

— Pourquoi t'es pas venu nous affranchir?

— Parce qu'ils me surveillent...

— T'es con ou quoi? Ils sont là?...

— Y a des chances...

— Mais il est taré, ce type! Faut foutre le camp. Toi, tu vas me le payer! Gus, va me le dessouder dans un coin : je ne veux pas qu'on salisse les sièges.

Précaution louable, tout à l'honneur d'un automobiliste méticuleux, conscient de la valeur des choses.

Le Gus au faciès de Tyson est descendu, a ouvert la porte arrière et a sorti Hassan par le col comme un paquet de linge sale qu'on porte à la laverie automatique du coin. Cool. Trop cool! Le paquet de linge sale est un roseau pensant, le plus faible de la nature. Mais il pense. Et vite!

Au moment où le tueur l'invite fermement à une promenade bucolique (de plomb!), Hassan, qui a repris pied, projette ce dernier dans le bas-ventre de son compagnon de voyage avec la maestria d'un Renato et la puissance d'un Zidane. Un shoot à vous remonter les glandes génitales à hauteur des salivaires. Le black est d'équerre!

Sans plus se soucier des conventions de Genève, il abandonne son blessé pour un sprint aussi soudain qu'imprévu. Il va, court, vole et s'enfuit.

Le moteur a rugi, la Mercedes décolle sur ses traces… et s'arrête en bout de piste. Une voiture leur barre la route, tous feux éteints. Deux hommes, à l'abri derrière leur véhicule, les braquent.

— Putain de bougnoule! Il nous a donnés…

Le chauffeur, indifférent à l'injustice et au racisme sous-jacent de la remarque, que la loi punit, n'a pas attendu. À toute volée, il enclenche la marche arrière, écrase le champignon, fais demi-tour et fonce vers les portes de la liberté.

Hassan a tort d'émerger à ce moment d'entre deux voitures. Il court en zigzag devant les codes de ses poursuivants et plonge de justesse dans le caniveau.

La Mercedes ne va guère plus loin : deux véhicules de police balisent la piste de leurs gyrophares, éclairant une troisième en travers. Le personnel au sol est bardé de pistolets-mitrailleurs à vous couper le plaisir de l'invitation au voyage. Incontestablement, les chauffeurs routiers grévistes ont encore beaucoup à apprendre.

Le propre des tueurs est de comprendre combien la vie vaut, finalement, d'être vécue. En un sens, c'est la marque d'un professionnalisme judicieusement compris. Gagnés par l'exemple du jeune dealer passionné d'activités sportives, les deux occupants sortent de la limousine, les mains en l'air. Ils rejoignent Gus Tyson qui a retrouvé ses… esprits. Et perdu sa liberté. Comble de l'ingratitude, Hassan brosse son pantalon clair et son Chevignon miel en jurant.

La vie n'est pas rose tous les jours !

X

Le commissaire Forest était accompagné du commandant de police Bresson. Delbart était venu seul de Tours. Un solitaire, pensa Barge, qui les accueillit le sourire aux lèvres :

— Bienvenue au Quai des Orfèvres, messieurs ! Notre patronne est occupée. Elle vous prie de l'excuser. Elle passera vous saluer dans la matinée. Un café ?

Les têtes avaient opiné, ignorant combien la vieille machine fournissait un breuvage infâme. Il est bon de tout partager ! Grangier se leva pour assurer le service. La grimace des collègues de province, dès le premier contact avec le gobelet de plastique, confirma son jugement : le patron était sadique. La preuve, il enchaînait sans leur laisser le temps de s'en remettre :

— Je vous ai réunis afin de faire le point car l'affaire n'avance guère. Il convient de coordonner nos efforts, de mettre à plat nos résultats... le moindre indice.

Nouveaux hochements de tête plus méfiants.

— Où en êtes-vous à Bracieux ?

Forest ne semblait pas particulièrement radieux.

— Rien d'intéressant au niveau du médecin légiste. Par contre, nous avons eu confirmation que l'assassin avait solidement préparé son coup. Un employé des télécoms s'était présenté un mois plus tôt pour réparer le téléphone, avant même que les gardiens du manoir n'aient réalisé qu'il ne fonctionnait plus. Il a mis du temps à trouver les causes de la panne, se déplaçant de la cave au second avant de penser à une rupture de fil dans la propriété. La ligne rétablie, le vieux majordome avait oublié ce détail. Nous avons retrouvé un micro dans l'appareil du salon et un autre dans celui du gardien.

— Ainsi, il a pu à la fois connaître les lieux et se tenir au courant de la visite du fils Desforges ?

— Oui ! Le directeur adjoint de la maison d'arrêt de Bois-d'Arcy a reconnu avoir indiqué la date de levée d'écrou de son client lors d'un appel d'un vague service social de la préfecture.

— Un pro ! nota Grangier, admiratif.

— Des empreintes, au château ?

— Inexploitables, depuis le temps...

— Les suspects possibles ?

— Le sénateur et son fils étaient à Paris la nuit du crime. Nous avons dû y aller sur la pointe des pieds pour découvrir que le premier était en galante compagnie — eh oui, à soixante et onze ans ! — et le second avec sa femme. Le personnel des Hauterives ? Ernest et Adrienne étaient couchés... chacun de son côté, ainsi que le couple de gardiens. Ce n'est pas un alibi en béton, mais quoi de plus naturel ! De plus, on les voit mal trucider leur jeune patron de façon si spectaculaire. Ils n'éprouvaient guère de sentiments passionnés à son égard.

Reste Monika. Nous avons eu confirmation qu'elle ne connaissait pas auparavant son compagnon d'infortune. Nous n'avons retenu aucune charge contre elle. Elle a rejoint le Diamant bleu où son statut de vedette de la presse lui a valu une place de strip-teaseuse.

— L'effeuilleuse à la rose !

— Autre chose ? enchaîna Barge, moins porté sur les fleurs que son adjoint.

— Oui. Au reçu du numéro d'immatriculation du break Peugeot utilisé par le dénommé Hervé Chappuy, la gendarmerie nationale a vérifié ses rapports. Le lendemain du crime, le propriétaire de l'hôtel des Chasseurs de Saint-Laurent-des-Eaux a porté plainte pour grivèlerie à la gendarmerie de Mer. L'individu s'est enfui à pied, abandonnant sa voiture garée derrière l'hôtel-restaurant. Bizarrement, il a été sauvé par un comparse en fourgonnette...

— Un complice ? Qui aurait attendu

que son copain se tape la cloche en écoutant France-Musique ?...

Bien qu'amoureux de Mozart, Barge ne pouvait croire à un tel supplice.

— Cela ne colle pas. À moins que... Imaginez que l'assassin le guette depuis le cimetière de Bracieux, où nous savons que Chappuy a assisté à l'enterrement de Desforges. Il ne tient pas à perdre sa proie et vole à l'aide de sa victime... Convenez que ce ne serait pas banal !

— Bel exemple de conscience professionnelle, si c'est un contrat.

— Non, Grangier, c'est de l'acharnement ! L'entêtement d'un amateur. Un amateur éclairé ! Le rapport du légiste nous apprend que la mort de la victime remonte à vingt-trois heures, moins d'une heure après son départ du restaurant. Il a donc été tué dans les environs et transporté ensuite dans un coffre arrière ou assis, à en juger par la position post mortem du corps plié à angle droit.

Un angle qui bout à 90 degrés ! pensa Grangier, que les détails ennuyaient.

— Pourquoi l'avoir transporté au

square du Vert-Galant ? demanda le commissaire Forest.

— Il est monté à Paris pour sa consécration. Il vient nous narguer dans notre juridiction, braver ainsi le Quai des Orfèvres. En attendant de frapper à nouveau...

— Vous croyez ?

— Il se manifestera ! confirma le commissaire Delbart, intervenant pour la première fois. Il se manifestera tant que le cycle ne sera pas achevé.

— Je crains que vous ayez raison, cher collègue. C'est pourquoi nous surveillons nuit et jour le troisième condamné pour viol, Hassan Haouz. Une surveillance coûteuse en personnel... Hier soir, nous avons cru tenir notre homme. Ce n'étaient que d'obscurs trafiquants qui voulaient récupérer leur dealer ou leur came. Nous les avons coincés sans bobo. Les Stups s'en occupent.

— Et votre protégé ? Vous comptez l'abriter ailleurs ? interrogea Delbart.

— Non...

Grangier s'amusa de l'air gêné du patron.

— ... Autant que notre Zorro connaisse son adresse. Un étranger se fait vite remarquer dans un HLM et nous avons deux équipes collées à ses basques, que j'entends doubler dès demain par un nouveau *soum* sur son parking...

— Je vois ! La chasse au leurre... On ne la pratique plus en Sologne. Vous avez un appât de premier choix. Est-il d'accord, au moins ?...

Le commissaire du SRPJ de Tours affichait un sourire en coin.

— Il n'avait guère le choix. Nous lui avons trouvé une place de kiné dans la salle omnisports de la PJ. C'est un garçon intelligent, capable de rentrer dans le rang. Il y est aidé par sa petite amie, sa voisine du dessous, qui lui a pardonné.

— Évidemment... Et vous pensez que votre Zorro tombera dans le panneau ?

Barge haussa les épaules.

— À nous de jouer serré. Je ne suis sûr de rien. J'ai pour principe de ne pas sous-

estimer mes adversaires, une vieille habitude due à la pratique du judo.

Il s'arrêta un moment puis reprit :

— Il viendra ! Par orgueil. Parce qu'il
sait que je l'attends !

— Je partage votre avis...

— Et vous, à Tours, où en est votre
enquête ?

— Depuis une semaine, je tente de
remonter l'affaire des ballets roses dans
laquelle maître Praquin était mouillé. Je
me heurte à un mur. Tout a été soigneuse-
ment verrouillé. Mieux : le procureur m'a
conseillé de ne pas remuer la boue inuti-
lement.

— Vous aviez une piste ?

— Non, mais comme je n'avais rien
trouvé à son étude, je sondais au hasard.

— Une histoire de femme, peut-être ?

— Ou d'homme... Maître Praquin...

Il hésitait. Grangier vint à son secours :

— ... marchait à la voile et à la vapeur ?

— Il semble. Là encore, la plus totale
discrétion. Vous autres, à Paris, croyez
qu'une ville de province est un village,
qu'on y sait tout. Ce n'est qu'en partie vrai.

On se méfie davantage et les clans se ser-
rent les coudes. La loi du silence, chez les
notables, vaut celle du milieu !

Son collègue de Blois manifesta son
accord.

— Et là, nous ne disposons pas de
balance, pas de *cousin* pour nous informer. Au plus, quelques bavardages lorsque
nous parvenons à être introduits. S'il est
une bonne gâchette ou s'il a le rond de
jambe facile, le sous-préfet est alors mieux
au courant que nous.

Grangier buvait du petit lait : le policier
de Tours disséquait la bourgeoisie provin-
ciale sans émotion ni complaisance. En
ethnologue. Un vrai spécialiste de la vie
tribale des rives de Loire. Il le supporterait
facilement comme patron, ce qui n'était
pas courant chez lui.

Eux vous notent, il convient de les
juger !

*
* *

L'on frappa : la patronne de la Crim entra. Son sourire la précédait, elle fut courtoisement accueillie.

— Vous désirez un café, messieurs ?

Leur empressement à la remercier en secouant la tête la confirma dans l'idée qu'il fallait vraiment changer de machine.

— Alors, où en êtes-vous ?

En prof de géo refoulé, Barge résuma, tout en développant sur le mur une carte de la France du Nord sur laquelle il colla des petites pastilles rouges. Tours, Bracieux, Saint-Laurent-des-Eaux en alignement et Paris y délimitaient grossièrement un triangle.

— Votre triangle des Bermudes, si je comprends bien ?...

— Oui, patron. C'est là, en tout cas, que ce pirate nous mène en bateau... avant de disparaître.

— La mer des Sargasses, finalement...

(En raison de son mauvais esprit, Grangier aurait juré l'avoir entendue prononcer « mer des Sarcasmes ».)

— Oui, car nous y sommes sérieusement encalminés, convint Barge, que l'on savait fana de voile. Le vrai pot au noir !

— Il ne me reste qu'à vous souhaiter bon vent.

— Vous serez des nôtres, à midi, madame ?

— J'aurais bien aimé, mais nous sommes mercredi et j'ai un marin dans ma vie, un régulier. Si j'ajoute qu'il a dix ans aujourd'hui, vous comprendrez que je prenne mon après-midi... Où emmenez-vous vos collègues, Barge ?

— À L'Escale.

— Dans votre situation, cela me paraît tout indiqué ! Il faut vous dire, messieurs, que le commissaire principal a pour devise : « Un resto dans chaque port ! »

— Et « Un port dans chaque resto ! » confirma Grangier.

— Eh bien, bon appétit !

Elle était déjà repartie, à la grande déception des collègues de province.

— On comprend que le Quai soit très demandé... constata le commandant Bresson.

— Que voulez-vous, elle fait partie de notre prime de risque !

*
* *

Dans la foulée, Barge avait tenu à répondre à la gastronomie du Val de Loire en les invitant chez un chef breton échoué sur un récif de la capitale. La mer d'Iroise a de ces marées d'équinoxe !

Le muscadet sur lie chargé d'accompagner un pot-au-feu de la mer rejeta sur la côte les souvenirs professionnels. Pourtant, après avoir fait le tour des collègues communs, évoqué des expériences pittoresques, la conversation retomba sur l'affaire qui les réunissait.

Ils en vinrent, au dessert, à dresser un portrait du tueur. Ils convinrent qu'ils avaient affaire à un homme expérimenté, doté d'un sang-froid remarquable. Un individu organisé, réfléchi, capable aussi de réparer une ligne téléphonique, de brancher un micro, donc une table d'écoute. Des qualités de joueur de bridge ou d'échecs !

Ses motivations et son profil psychologique échauffèrent la discussion. Grangier s'excita :

— Un malade, ce type !

— Ni plus ni moins que nos voisins de table... Que vous ou moi ! rétorqua Delbart. Les limites sont floues en ce qui concerne la normalité.

— Il faut quand même être secoué pour se mettre à descendre son prochain pour une peine de cœur !

— Il sera passé de l'amour à la haine avec la même passion, la même violence contenue, ajouta Barge.

— Un pauvre type !

Grangier, dans la fougue de sa jeunesse, ne pouvait s'empêcher de juger. Delbart se fit avocat :

— Il peut se croire chargé d'une mission qui l'aide à vivre, à supporter sa solitude. Car il ne peut être qu'un homme seul, désespérément seul.

Un appel sur le portable mit fin à sa plaidoirie. Ils se quittèrent devant le res-

taurant. Grangier, remonté, se jurait bien
de découvrir le pot aux roses.

*

* *

Putain de journée qui n'en finissait pas !
D'autant que ses émotions de la veille
l'avaient tenu éveillé une partie de la nuit.
Le travail est vraiment une activité pour
gens courageux ou contraints. Hassan
n'était pas pour autant décidé à replonger
dans la commercialisation de l'herbe
maintenant que la PJ l'avait débarrassé de
son grossiste et de ses molosses. Dans le
quartier, il avait acquis sur l'heure une
renommée en béton : le gars qui a la
baraka, qui se débarrasse de trois tueurs !

Il tenait là l'occasion de s'en sortir, de
tirer un trait sur un passé déjà trop lourd.
Il lui fallait abandonner cette vie margi-
nale vraiment trop crade, quitter ce merdier pas possible.

Ce soir, il n'avait pas cherché à semer sa
garde rapprochée. Il gara sa voiture juste
en face de l'escalier, en descendit et se

trouva face au fils de Rezza sorti de l'ombre.

— Salut, Mohamed ! Qu'est-ce que tu fiches dehors, à cette heure ? Veux-tu rentrer !

En guise de réponse, le gamin lui demanda :

— Dis, Hassan, c'est vrai ce qu'on dit ?

— Qu'est-ce qu'on raconte ?

— Que t'as un flingue et un gilet pare-balles.

Le héros du jour éclata de rire.

— Et pourquoi pas un bazooka ? Tiens, tâte...

Mohamed était déçu. Il promit de remonter.

En bavardant avec son voisin, Hassan avait eu le temps d'apercevoir la flamme d'un briquet dans une voiture au pied de l'immeuble. Ils étaient à leur poste ! Qui aurait dit, il y a encore deux semaines, qu'il en viendrait à souhaiter la présence des keufs ? Lui qui avait tant joué à cache-cache avec eux !

Trop crevé pour monter au troisième, il prit l'ascenseur. De nouveaux tags sur les parois garantissaient de passionnantes recherches pour les archéologues du quatrième millénaire, les Champollion du cartouche.

Qu'il est bon d'allonger ses pieds sous la table, au soir d'une journée de travail ! En fait de repos du guerrier, il eut droit aux cris de Fatima que Khader n'arrêtait pas d'embêter, aux questions de sa mère sur son nouvel emploi (« C'est bien, mon fils ! ») et au commissaire Navarro à la télé. (Il enquêtait justement dans le quartier de la Goutte-d'Or). Le tout servi en même temps, avec le reste de poulet au citron qui était excellent.

À vingt-deux heures, le coup de fil de sécurité :

— RAS ?

— Non. Tout va bien. Merci.

— Tu ne sors pas ce soir ?

— Non, non. Coucouche panier ! Bon courage.

Pour être franc, ce n'était pas vraiment son panier qu'il comptait rejoindre, mais comme son septième ciel était au second, il n'avait pas à sortir ni à en informer l'administration.

Sur un bonsoir à la marmaille excitée et aux parents lessivés, il se brossa les dents, se tapota les joues à l'aide d'une eau de fraîcheur vantée pour sa virilité et descendit chez Solange.

Son oasis, Solange ! La voisine du dessous, infirmière à l'hôpital proche. Une jeune gazelle qu'il aurait dû écouter plus tôt. Il aurait fait moins de conneries, économisé deux longues années à l'ombre. Elle lui plaisait bien, Solange. Et il n'avait qu'un étage à descendre. Un de trop !

*
* *

Il sonna. Il n'eut pas le temps de réaliser que, d'habitude, elle se tenait sur le seuil et non derrière la porte ouverte. Il entra sur un « Bonsoir ma gazelle » dont la dernière syllabe lui resta en travers de la gorge. La gazelle s'était muée en une espèce de gorille noir des pieds à la tête qui l'avait happé par le col et poussé dans l'entrée après avoir refermé la porte.

Il fixa, hébété, le pistolet braqué sur lui dont le petit trou rond du silencieux lui rappelait les photos de ses deux potes d'un soir, puis les deux yeux aux paupières blanches sous le passe-montagne. À leur lueur, il sut qu'il allait mourir.

Il reprit ses esprits et demanda, la bouche sèche :

— Vous l'avez tuée aussi ?

L'homme secoua la tête. Hassan sut alors ce que c'était qu'aimer, mais il était bien tard. Pour toute explication, l'homme le prit par le bras et le poussa vers la chambre dont la porte était entrouverte. Solange était étendue sur le lit, les mains et les pieds liés par une bande de gaze et la bouche fermée par du sparadrap. Pas de quoi la changer de son boulot, la pauvre !

Elle ouvrait de grands yeux d'effroi. Il aurait aimé lui adresser un sourire rassurant. Ils ne purent que s'aimer du regard, intensément. Il fut arraché à sa première déclaration d'amour avec fermeté et projeté sur le sol du couloir. En un rien de temps il était menotté dans le dos et bâillonné à l'aide d'un ruban adhésif.

Il aurait voulu comprendre.

Il comprit.

Sans ménagement, l'homme l'avait retourné et, de toute sa hauteur, lui tendait une photo. Bien que la lumière du couloir fût assez faible — Solange aimait les lumières tamisées —, il n'eut pas de mal à reconnaître cette jeune femme blonde dont le regard bleu clair l'avait ému. C'était bien elle...

C'était donc lui !

Il avait doublé les flics et, tranquille, allait lui tarauder le crâne. Sous cet angle, le projectile perforerait l'arachnoïde, la pie-mère, traverserait comme dans du beurre son lobe frontal, grillerait ses neurones, éclaterait son cervelet et son bulbe rachidien avant d'exploser sa vertèbre atlas. (Elle ronronnait, devenait chatte, Solange, lorsqu'il lui massait les cervicales.)

Il voyait très bien, en coupe, le chemin parcouru par le petit cône d'acier.

Quelques grammes de métal qui suffi-
raient à court-circuiter sa vie, à la zapper
comme une mauvaise pub.

Il se débattit un moment, secoua la
tête. Pour nier avoir violé cette fille ? Pour
refuser la mort ? Il cessa le combat. Il
n'avait plus peur. Il eut honte, cependant,
de sentir son slip mouillé. À quand le relâ-
chement des sphincters ?

Le tueur le releva et le poussa vers la
porte de sortie. Pourquoi prenait-il tant de
risques, au lieu de l'abattre dans l'appartement ? Il écouta, scruta l'obscurité du
palier et l'entraîna dans l'escalier, le tenant
d'une main ferme.

Quelqu'un pouvait rentrer ou sortir
vider sa poubelle... Il n'en fut rien. La
chance, c'est comme le loto, ça ne repasse
pas deux fois. Ils atteignirent le rez-de-
chaussée. Son guide emprunta l'escalier
menant aux caves. La plupart étaient
vides, non cadenassées, évitant ainsi aux
portes d'être fracturées.

Elles étaient le domaine des jeunes à la
recherche d'un coin tranquille, d'un coin

à eux pour fumer un joint, faire l'amour ou simplement discuter. Hassan se laissait conduire, les épaules basses. Résigné. Comme une bête qu'on mène à l'abattoir.

Son guide ouvrait la route au moyen d'une lampe torche. Il le poussa dans une des caves abandonnées et le projeta au sol sans violence excessive. Hassan se recroquevilla dans un coin. Son pantalon clair, c'est sûr, était foutu. La silhouette de son bourreau se découpait au-dessus de lui en raison de l'unique ampoule du couloir.

D'un coup sec son bourreau lui arracha son bâillon puis il défit les menottes. Allait-il jouer avec sa proie comme un félin sûr de sa prise ? Il se foutait le doigt dans l'œil, le gros minet ! Hassan n'avait plus rien à perdre, il ne lui donnerait pas l'occasion de jouir de la situation.

Le courage, Hassan en avait toujours manqué, mais il avait su n'en rien laisser paraître, rester crâne dans les pires moments. Un orgueilleux aux tripes molles ! Et voilà que face à la mort il restait calme, détaché.

Aussi fut-il stupéfait de voir une ombre

passer derrière les planches à claire-voie de son tombeau. Les keufs ? Allaient-ils charger en sonnant la charge de la brigade légère ou le descendre dans le dos sans inutiles sommations ?

Il est des secondes qui durent des heures. Hassan eut le temps de voir son tortionnaire extraire de la poche intérieure de son blouson un sac en plastique. Il en retira une fleur. Muet jusqu'ici, le maniaque crut nécessaire d'expliquer :

— Elle aimait tant les roses blanches...

Le Tueur à la rose ! Il était certain que si les flics ne se pressaient pas, Hassan Haouz allait enfin connaître la célébrité, les gros titres de la presse. À titre posthume !

Le canon de l'arme était pointé sur lui, devait le viser de son petit œil rond. Il ferma les yeux, attendit.

— Oh, dis ! Tu vas pas le tuer ?

Cette voix... Il n'y avait que Mohamed pour venir se mêler aux jeux des grands avec une assurance qui lui avait garanti l'indulgence des plus hargneux.

L'homme s'était retourné, aussi surpris

que sa victime. D'une main ferme il avait attiré le curieux dans le réduit et braquait sur lui la lumière de sa lampe. Il abaissa son arme déjà pointée sur l'intrus.

— Mais si, tu vois…

— Pourquoi ? Qu'est-ce qu'il t'a fait ?

— À cause de lui, j'ai perdu la femme que j'aimais…

— Ah ?

Il aurait sûrement aimé trouver les mots nécessaires, Mohamed, pour défendre ce con d'Hassan qui s'était foutu dans la merde. Jouer les avocats et sauver la tête de son client, comme à la télé. Mais c'était difficile. Sa maîtresse, au CM 2, elle disait qu'il avait des idées mais manquait de vocabulaire.

Ajoutez que le type, il avait un flingue à rallonge. Un de ces trucs qui crachent des pruneaux avec un bruit mat qui ne réveillerait pas son oncle Khader devant la téloche.

Il fallait ruser, attaquer par la bande. L'attendrir, comme dit le boucher.

— Tu vas te faire gauler… Y a plein de keufs !

— Peut-être. Faut bien payer un jour! Aujourd'hui, c'est le tour d'Hassan.

— Mais il est pas méchant...

— Moi non plus, Mohamed, et pourtant... Ne t'amuse jamais à vendre cette saloperie de drogue, petit! Tu vois ce qui arrive à ton copain.

Putain, ce mec, il avait pas tort. Sa mère, elle disait pareil. Elle en avait vu des plus caïds se faire choper! Son grand frère, elle lui portait des oranges et du linge en prison. Le dimanche, car en semaine elle faisait le ménage aux écoles.

— Tire-toi, Momo! Il est oualouf ce barge! Il va te descendre aussi.

Hassan avait crié. Il était gonflé pour oser dire ça devant lui. Mais Mohamed n'était pas du genre à se barrer. À onze ans, on en a vu d'autres! Il vérifia quand même que l'arme n'était plus dirigée vers lui, tenta de rencontrer le regard du tueur. Il faisait trop noir. Alors, calmos, il déclara :

— Eh bien, moi, j'vais chercher les keufs!

— T'as raison, petit, on va y aller ensemble.

Il n'avait pas l'air de charrier. Il balança une fleur sur Hassan tassé dans son coin, prit par le bras le gamin déjà moins sûr de lui et le poussa dans le couloir. Il se tint un court moment sur le seuil.

Par deux fois, Mohamed entendit le bruit mat du silencieux sans que la main qui le tenait n'eût marqué la moindre pression, la moindre émotion. Ce n'était plus vrai pour le gamin qui réalisait qu'il avait affaire à un pro, un vrai, pas pour de rire. Un *killer* qui ne pouvait pas laisser un témoin derrière lui. Sûr qu'il allait passer un mauvais quart d'heure !

« Ça t'apprendra d'aller toujours te fourrer où faut pas ! » Il croyait entendre sa mère lui rabâcher les mêmes conseils. Il se vit à l'hôpital, couvert de pansements, sous le regard ému de Fatima, sa voisine de palier. Et même au cimetière ! Fatima le pleurait.

Pour la première fois, Mohamed Kouffik réalisait que la mort était une fin, un terminus. Y avait faute ! Il n'avait pas pris de billet, lui. Il était monté en marche par erreur. Il ne demandait pas à descendre si tôt. Il était trop jeune !

— N'aie pas peur, Mohamed, je ne te ferai pas mal.

Putain, il avait saisi, le superman ! Il pigeait que la frousse lui tortillait le bide à en faire dans son froc. Il eut honte, serra les dents. Et les fesses. Mais il avait confiance, curieusement.

Ils ressortirent. L'homme lui donnait la main, comme un père et un fils affectueux qui vont faire un tour après le film du soir. Il avait pris soin de retirer sa cagoule mais, dans l'obscurité, Mohamed n'avait pas pu l'examiner. Et puis, pourquoi faire ? Il n'allait pas le donner aux flics, non ?

Ils passèrent près d'une voiture en stationnement où l'un des deux occupants grillait une clope.

— T'es en quelle classe, Mohamed ?

— En CM2, m'sieur.

— Ça marche ?

— Ouais. Je dois passer en sixième l'an prochain...

— Qu'est-ce que t'aimerais faire, plus tard ?

— J'sais pas…

Ils prenaient le frais, marchant tranquillement, sans éveiller l'attention des policiers pourtant curieux de nature. Arrivé à une fourgonnette, l'homme ouvrit la porte. Allait-il l'emmener en otage, le relâcher sur une route déserte ? Il se contenta de fouiller dans la boîte à gants.

— Je savais bien qu'il m'en restait une plaque… Tiens, t'aimes le chocolat ?

Il démarra tranquillement, après lui avoir tapoté la joue.

XI

Barge composa le numéro sans trop y croire. L'on décrocha : il reconnut la voix de Delbart. Il était près d'une heure du matin.

— Encore au bureau ? Chapeau ! Belle conscience professionnelle...

Il marqua une hésitation.

— Je voulais vous informer que notre tueur a encore frappé.

— Hassan Haouz ?

— Oui !

— Quand ?

— Ce soir, dans son HLM... Le pire, c'est que mes hommes l'ont aperçu. Ils ont vu en effet un gamin qui sortait prendre l'air avec son père. Surpris de voir l'enfant rentrer seul — il était plus de vingt-deux heures —, ils l'ont interpellé. Le gosse leur a fait perdre du temps avant d'avouer qu'il

venait de raccompagner le Tueur à la rose.
Ils ont découvert dans une cave le corps
d'Hassan tué de deux balles, une rose
blanche sur la poitrine. Et au second, ligo-
tée et bâillonnée sur son lit, sa petite amie.
Une infirmière de l'hôpital voisin. En
fin d'après-midi — c'était son jour de
repos —, on a sonné. Elle a regardé par le
judas. Un employé de l'EDF, casquette sur
la tête, exhibait une carte tricolore. Elle a
ouvert. Il avait eu le temps d'enfiler une
cagoule. Il ne lui a fait aucun mal, l'a ras-
surée. Il l'a immobilisée sur le lit et lui a
mis la télévision pour l'aider à passer le
temps.

— Il savait donc qu'Hassan viendrait ?
— Il est au courant de tout !
— Des empreintes ? Un signalement ?
— Il était ganté. Il portait une tenue
sombre, genre clergyman, et des chaussures à semelles de crêpe. Il n'a pas fumé,
n'a pas bu, n'a pas parlé, sauf pour la ras-
surer lorsqu'il est entré.

— Vous voilà dans de sales draps,
Barge. Vous étiez chargé de sa protection ?
— Disons que c'était l'équipe d'Emma-

nuelli, de la 1re Brigade criminelle. Nous, nous étions pris par l'enquête. J'attends l'arrivée du juge d'instruction. Il ne va pas être à prendre avec des pincettes.

— Vous êtes encore sur place?

— Oui.

— Au fait, vous désiriez un renseignement précis?

— Non… Pas vraiment. Le besoin de faire une pause, de prendre du recul pendant que les procéduriers opèrent. Pour être franc, je suis groggy. Je commençais à apprécier ce jeune garçon.

— Un dealer, un vendeur de mort!

— Marchand de rêve, d'illusion au plus. Une petite pointure! Une victime, lui aussi, d'un monde dur. Il était sur la bonne voie… Il aurait pu s'en tirer. Voyez-vous, si notre homme a commis un crime de trop, c'est celui-là! Je ne le lui pardonnerai pas. Je l'aurai, Delbart, je l'aurai!

Il se tut.

— Si encore je savais d'où viendra le prochain coup…

— D'où, je ne sais pas, mais où il frappera, c'est plus évident.

— Pardon ?

— Réfléchissez ! Qui a obtenu une telle clémence à l'égard de ces voyous ?

— Vous pensez à leur avocat, maître...

— Gaboriau, oui !

— Pourquoi pas aussi au juge Frémont ? Puis à ses assesseurs. Et pour finir au garde des Sceaux !

Le commissaire principal Barge semblait perdre son assurance habituelle.

— Rassurez-vous, sa vision globale des responsabilités doit se limiter au prétoire...

— Encore une chance ! Il me faudrait déclencher un plan Vigipirate bis. À moins qu'il ne soit à court de roses ? Il va dépenser une fortune chez les fleuristes.

— Sauf s'il les cultive... J'en ai moi-même de très belles dans mon jardin.

— Assez ! Pitié... Je vais devenir allergique au moindre pétale. Mais je vous quitte : le parquet débarque.

*
* *

L'ambiance est à la morosité. Le commissaire est redescendu de la *messe* le visage tendu. Son adjoint conseille à Delmas de ne pas ramener sa fraise, de se faire petit.

— Grangier, tu peux venir ?

— J'arrive, patron !

Le capitaine s'est assis du bout des fesses. Son supérieur achève la lecture d'un rapport. Il n'a jamais de couleurs, mais cette fois, avec le chantier de cette nuit, il tire sur l'ivoire des clients de la morgue. Il doit faire partie de ces gens qui ont besoin de leur compte de sommeil. Or il attaque la seconde journée non stop.

Il lève les yeux sur son adjoint. De vrais yeux de noceur. D'une noce qui s'est terminée à l'aube dans les caves de Colombes.

Rien à voir avec celles de Saint-Germain-des-Prés dont son père garde un souvenir ému, pense Grangier.

— Peux-tu m'expliquer comment ce type parvient à s'introduire aussi facilement chez un notaire de province que dans un manoir ou un HLM gardé par deux équipes de chez nous ? Être là au moment précis où le notaire est seul, où Hugues Desforges fête sa levée d'écrou, où Hervé Chappuy sort du restaurant et où Hassan Haouz rejoint sa petite amie ? Avons-nous affaire à un devin ? À un zombie capable de se déplacer dans l'espace et dans le temps ? Dois-je m'armer d'amulettes ? Faire venir un exorciste ?

Grangier ne répond pas. Le commissaire force la note : il connaît une partie des réponses, déjà. Il faut laisser toute la bile s'écouler.

— D'ici qu'il nous envoie des fleurs…

— Ce serait le bouquet, patron !

Il secoue la tête, l'examine, l'œil froid, et se radoucit, vaincu par l'inaltérable bonne humeur de son adjoint.

— Tu ne changes pas, toi. Toujours égal à toi-même…

— Mon grade ne me permet pas encore de penser. Sauf sur demande, en service commandé.

— Bienheureux les pauvres d'esprit.

— Oui, patron !

— Dans le cas très improbable où tu penserais, que te viendrait-il à l'esprit ?

— Que l'assassin nous manœuvre. Si nous n'arrivons pas à reprendre le service, il nous mènera à sa guise jusqu'à la balle de match.

— Je le crains, en effet. Mais que faire, mon cher Noah ?

— Monter au filet, car il nous promène en fond de court !

— Et que propose concrètement le disciple de Roland Garros ?

— Coller une rose blanche au premier macchabée ramassé sur la voie publique, histoire de perturber notre tueur. Il n'appréciera pas la concurrence, voudra en faire plus, s'exposera, baissera sa garde.

Barge regarde son adjoint, interloqué.

— Tu passes facilement d'un sport à l'autre, mais ta remarque est intéressante. Pour quelqu'un qui ne pense pas, c'est même judicieux, encore qu'osé. Imagine ce qu'il arrivera si d'autres meurtriers en puissance s'en mêlent. Le mari ou la belle-mère dont on veut se débarrasser passeront sur son compte. On ne sait où cela s'arrêtera.

— Je ne proposais qu'un pare-feu.

— Oui, mais c'est une technique qu'il convient de maîtriser. Nous ne sommes pas, comme les pompiers, les seuls sur le terrain. Dommage, car l'idée était intéressante et…

Le téléphone sonne.

— Oui, commissaire principal Barge à l'appareil. Bonjour, maître.

Il a mis en route le haut-parleur à l'intention de Grangier :

— Voilà… Je suis inquiet, commissaire. J'ai suivi dans la presse les meurtres de mes trois clients, sans trop comprendre. Mais ce matin, en prenant le courrier, ma secrétaire a trouvé une rose dans la boîte. Une rose blanche. Vous comprenez que je suis en droit de craindre le pire.

— Depuis neuf heures ce matin, à titre préventif, deux équipes de la PJ surveillent votre entrée…

— Vous aviez donc des craintes à mon sujet ? Je ne fantasme pas ?

— Nullement ! Je me proposais d'aller m'en entretenir avec vous. Nous arrivons. Que votre secrétaire ne parle à personne de sa découverte, sous peine de faire le jeu de l'assassin ! Je veux le silence complet sur votre cas.

*

* *

Notre société juge plus sévèrement les conséquences que les causes, la main qui frappe que le cerveau qui condamne. Gare au lampiste ! On a fusillé plus de deuxième classe et de lieutenants que de généraux. Les poilus de Craonne, en 1917, ou les responsables de l'OAS, en 1963, peuvent en témoigner.

Hassan Haouz avait la sympathie de ses proches. Il avait même gagné celle des policiers chargés de le protéger. C'est oublier trop vite que, du cultivateur de chanvre indien ou de pavot jusqu'au dealer, la chaîne est constituée de maillons solidaires, tous responsables. S'ils n'ont pas le même degré de responsabilité que les gros bonnets de la drogue, ils font partie de l'équipe ! Sans l'excitation de la dope fournie par Hassan, les deux autres en seraient-ils venus à violer une jeune fille rencontrée dans l'ascenseur ? En auraient-ils eu l'audace ? N'a-t-elle pas joué le rôle de catalyseur ?

Je n'ai éprouvé aucun sentiment de pitié au moment de faire payer cet empoisonneur. Même lorsque la providence a délégué ce gamin chargé de tester ma conscience. Un bourreau n'a pas d'état d'âme.

Pourtant, je me réjouis d'approcher du but, de terminer par un point d'orgue. La clef de voûte, la touche finale du peintre. Je pourrai alors brûler cette photo qui m'obsède : quatre hommes qui se congratulent dans la salle du tribunal, qui ont l'indécence de manifester leur joie alors qu'Elle s'enlise dans la folie, glisse vers le néant.

Et c'est le plus réjoui, imbu de ses effets de manche, qui va payer maintenant ! Déjà, chez lui, le doute est né. L'inquiétude va devenir certitude, la crainte se muer en *émoi, la peur s'installer, s'enfler, devenir obsession, trouille, angoisse.*

J'habiterai vos nuits, maître Gaboriau ! Et l'œil, dans la tombe, regardera Caïn.

*
* *

L'avocat était, à la ville comme au champ, un éternel plaideur. Au point qu'il faisait d'inutiles mouvements des bras, ayant laissé sa robe au tribunal. Grangier et Delmas retenaient difficilement un rire et leur patron pensait qu'il devait rester le même en pyjama. Ils finissaient par le regarder plus que l'écouter, sa mimique prenant le pas sur son discours.

— Vous comprendrez, messieurs, que j'ai préféré vous attendre dans mon appartement plutôt qu'à l'étage inférieur où se trouvent mes bureaux. Notez que c'est très pratique : je me moque des grèves de transport tout en séparant ma vie professionnelle de ma vie familiale. Un cloisonnement indispensable !

Son introduction prenait des chemins détournés. Delmas examina le vaste salon dans lequel une charmante employée de maison les avait introduits. Il se dit que son studio de jeunes mariés y tiendrait à l'aise, kitchenette, salle de bains et WC compris.

— J'imagine que vous avez deux boîtes aux lettres différentes, demanda le commissaire, pressé d'en venir au but.

— En effet. Une à mon nom associé à celui de ma femme et l'autre au nom de mon cabinet.

— C'est dans cette dernière que se trouvait la rose ?

— Oui, pourquoi ?

— C'est bien l'avocat qui est visé, non l'individu ! Et la fleur ? Se trouvait-elle sur le courrier ou au-dessous ?

Maître Gaboriau parut étonné. Il se leva, alla à sa bibliothèque et en rapporta une rose passablement défraîchie.

— Vu son état, elle a dû précéder votre courrier.

— Attendez, je vais vous passer ma secrétaire.

Il forma deux chiffres sur le combiné :

— Catherine, mon petit, vous êtes seule ? Bien, je vous passe le commissaire...

Elle était formelle. La rose n'avait pu être mise dans la boîte qu'entre son relevé du courrier de la veille, vers dix heures, et la distribution de ce matin. En raison de l'importance des plis, la fleur avait dû souffrir de sérieux maux de tête. Elle y avait laissé de ses pétales et pendait lamentablement sur sa tige.

— Encore une Adélaïde d'Orléans, nota Barge que les précédents rapports avaient instruit. (Une variété de rosier grimpant, un sarmenteux fleuri une grande partie de l'année en climat doux. Des fleurs blanc carné, petites et doubles, d'après les experts.)

L'avocat fut surpris des connaissances encyclopédiques des hommes de la PJ. Il le fut davantage en s'entendant demander :

— Connaissiez-vous maître Praquin, notaire à Tours ?

— Non… Absolument pas.

— Le contraire m'eût étonné.

Le commissaire continua du même ton calme ses questions décousues :

— Vous avez assuré personnellement la défense des trois inculpés lors de l'affaire Geneviève Girard ?

— Oui, à la demande de mon client et avec l'aide de mes deux collaborateurs.

— C'est lui qui a assuré la totalité de vos honoraires ?

— En effet.

— J'ai lu les minutes du procès. En résumé, vous avez mis en doute la vertu de la jeune fille…

— Disons que j'ai plaidé son accord de… dernier moment.

— Vous en étiez certain ?

— C'est ce que prétendait Hugues Desforges. Je n'avais pas à en être sûr, il suffisait que je porte le doute dans le prétoire.

— Vous avez réussi : la sentence a été clémente.

— Je m'en vante, en effet.

Grangier prenait des notes dans un

calepin. Il leva la tête, observa le visage suffisant de maître Gaboriau et se dit qu'il allait mourir, lui aussi. Et qu'il n'y aurait pas de quoi porter son deuil.

Desforges... à pas de velours. Le juge d'instruction Perron tout comme Chauveau, le procureur, nous ont suffisamment fait la leçon sur l'enjeu politique et social de l'affaire...

Grangier se dit que le collègue avait certainement souffert.

— Heureusement que l'ancien, Philibert Emmanuel, est bavard. Il s'épanche facilement... ou se croit au Sénat. À coup sûr, il est le seul de la famille qui avait de l'affection pour son petit-fils. Envers et contre tous ! Il prétend se retrouver dans ses frasques et nous a gavés de souvenirs de jeunesse aussi croustillants que ses pairs paraissent rigoureux. J'ai pu glisser quelques questions sur Serge Desforges, l'actuel PDG de la SMPD. Ses relations avec son fils se sont dégradées à la mort de sa femme, la mère d'Hugues. Dès sa majorité, le fils a demandé sa part de l'héritage maternel. Il disposait alors de quinze pour cent des actions du groupe. C'est à ce titre qu'il a exigé un poste de direction. Son patron de père lui a trouvé un placard dans une filiale en souffrance menacée de rachat à la prochaine OPA. Il ne pouvait guère aggraver la situation. Plus grave : Hugues tournait autour de sa nouvelle belle-mère, presque aussi jeune que lui. Le père en a très vite pris ombrage.

— Quelle fut la réaction de notre Phèdre ? s'enquit la patronne de la Crim qui n'en restait pas moins femme... et cultivée.

— Elle n'a jamais brûlé d'amour pour son Hippolyte mais la coquetterie est une arme féminine, madame.

Sourires dans l'assistance. Un bon point ! pensa Grangier. Le gros ne manque pas de finesse.

— Un groupe industriel menacé par l'attitude d'un fils libertin, il y aurait là des raisons d'infanticide pour un père jaloux, nota Barge.

— Oui, mais tous les Desforges ont un alibi, et à moins d'un tueur professionnel...

— Ce fut un travail de pro, en effet, mais, une fois de plus, comment le lier aux trois crimes suivants ? À part les roses, quel autre point commun ?

La question répétitive semblait sans réponse. C'était oublier un peu vite le côté facétieux et curieux de Grangier qui affirma calmement :

— Et le H majuscule de chacune des victimes ?

Tous le regardèrent, les sourcils en accent circonflexe.

— Oui, le H de Honorin Praquin, d'Hugues Desforges, d'Hervé Chappuy, d'Hassan Haouz et, demain, d'Henri Gaboriau si l'assassin... n'enterre pas la hache de guerre !

— Tiens, en effet, s'étonna Barge. Six H...

— Devenus muets ! glissa le commissaire Delbart.

L'ambiance se dégelait. La patronne en profita pour proposer une tournée de cafés. Personne n'osa refuser. La lavasse expédiée, Barge continua son tour d'horizon.

— Et vous, Delbart, à Tours ?

— Nous avons épluché les dossiers de

l'étude de maître Praquin. Un vilain bonhomme, cet Honorin ! Prêts d'argent à la
limite de l'usure, affaires marron proches
de l'escroquerie, détournements d'héri-
tages... Sans compter cette ancienne histoire de ballets roses ! L'ordre des notaires
est intervenu, accélérant son départ à la
retraite.

— Des suspects ?

— Trop ! Ce ne sont pas les tueurs
moraux qui manquent. C'est fou le
nombre d'assassins en puissance ! Nous
enquêtons dans plusieurs directions...
Rien encore.

— À part cette fichue rose, votre crime
n'a rien de commun avec les autres !

— Vous m'en voyez navré, mon cher
collègue.

Barge s'était laissé emporter. Il sourit
pour s'excuser et continua son raisonne-
ment :

— Il n'y a dans cette affaire unité ni de
lieu, ni de temps, ni d'action...

— Vous auriez souhaité une tragédie
classique, Barge ?

La crispation n'aide pas le raisonne-

ment : la patronne s'efforçait de détendre
l'atmosphère.

— Non, mais c'est là, je le sens, que
réside la solution. Dans sa disparité !

— Où en êtes-vous, pour votre part ?

— Nous nous battons contre des moulins à vent ! Nous protégeons au mieux
maître Gaboriau à son domicile mais
nous ne parvenons pas à empêcher le
tueur de planter ses banderilles...

— Avant la mise à mort ?

Le regard de Barge à son adjoint le fit
rentrer dans son col de chemise.

— C'est à peu près cela, finalement !
convint-il. Sa technique est diabolique :
chaque jour il inocule sa dose de poison.
Le lendemain de la mort d'Hassan, Grangier et Delmas ont pris leur poste chez
l'avocat. Ils ont inspecté l'appartement
dans tous ses recoins puis les quatre
pièces de l'étage inférieur qui lui servent
de bureaux. Le soir, vers dix-neuf heures,
on a sonné. Selon les consignes habituelles, ils ont intercepté le visiteur : un
malheureux jeune homme qui a connu la
peur de sa vie. Il en a lâché la douzaine de

roses blanches qu'il venait livrer. Elles avaient été commandées à la fleuriste du quartier par Interflora la veille, à seize heures, soit peu de temps avant qu'il ne se rende chez la petite amie d'Hassan pour le tuer. Nous sommes en présence d'un individu prévoyant, capable de mener deux affaires à la fois. Le portrait-robot établi d'après le fleuriste de Champerret qui a pris la commande ne nous apportera rien. L'homme portait des lunettes noires et une barbe. Un personnage de Tintin et Milou !

— Il n'a pas laissé sa carte, j'imagine…

— Détrompez-vous, Forest ! Tenez…

Il lui tendit une enveloppe plastifiée à travers laquelle on voyait une photo. Une photo de presse prise assurément à l'énoncé du verdict du procès des trois violeurs. On les voyait tomber dans les bras de leur défenseur à la mine réjouie. Le commissaire Delbart la prit à son tour, l'examina rapidement :

— Tout est résumé sur ce cliché, en effet. Quelle fut la réaction de Gaboriau ?

Il s'était tourné vers Grangier.

— La panique, commissaire ! Il lui a fallu un double Chivas pour s'en remettre... Nous avons bénéficié du même traitement, dans l'affolement. J'ai cru qu'il allait nous garder à sa table mais sa femme tient à l'étiquette. Nous avons profité en cuisine de la présence de la jeune employée de maison : elle mériterait une protection très rapprochée...

— Merci, Grangier, nous aviserons.

Le commissaire tourangeau tenait à plus de précisions :

— Je doute qu'il ait passé une bonne nuit...

— Au matin, il avait tout d'un vieux cocker aux yeux battus, au poil en désordre. Nous qui avions pris le quart toutes les deux heures, comparés à lui, nous avions un teint... de rose !

Barge prit l'assistance à témoin :

— Il a fallu qu'il la place, l'animal !

— Six semaines de ce régime et le justicier n'aura plus besoin d'un silencieux pour l'envoyer rejoindre ses clients ! constata la patronne du Quai des Orfèvres.

Barge approuva de la tête :

— C'est peut-être le but recherché, car le lendemain il a reçu cette série de photos.

Il les fit passer. On y voyait une jeune femme, plus gracieuse que belle, au sourire de Joconde.

— Qui est-ce ? demanda le commissaire Forest.

— Geneviève Girard. Enfin, j'imagine..., répondit son collègue de Tours.

— Effectivement, Delbart ! Il joue avec ses nerfs. Je me demande s'il sera en état de plaider dans dix jours, comme il en a l'intention. Je lui ai conseillé de voir son médecin et de partir s'aérer durant le week-end. Comme tous ses semblables, il a choisi Deauville. En cette saison, notre surveillance sera facilitée.

La porte s'entrebâilla pour laisser apparaître la tête du lieutenant Bricourt.

— Excusez-moi, patron, un appel urgent de la gendarmerie de Tours... Je vous le passe ?

— Oui, bien sûr ! Excusez-moi...

Devant la curiosité de l'assistance, il crut bon de mettre le haut-parleur :

— Barge à l'appareil.

— Mes respects, commissaire. Ici le commandant Moulins. Je n'ai pu contacter notre collègue Delbart, aussi je tenais à vous informer le premier que la brigade de Montbazon vient de découvrir le corps d'une jeune femme dans un sous-bois, au lieudit le Chêne pendu.

L'officier marqua un moment d'hésitation avant d'ajouter :

— Elle avait dans les mains une rose blanche.

*

* *

Les deux voitures n'avaient pas amusé le terrain, affolant le radar de l'autoroute A10 caché à hauteur d'Arthenay. Barge avait tenu à monter avec ses deux collègues de province. Vexé de ne pas être sur place au moment d'une nouvelle affaire, le commissaire de Tours broyait du noir. Il ne répondit que brièvement aux hypothèses de Barge affirmant que le Tueur à la rose avait peut-être fait des émules et qu'on risquait de se retrouver face à une nouvelle psychose aggravée par les médias. La presse allait s'en donner à cœur joie !

À midi et demi, ils passaient la Loire, apercevant les tours de la cathédrale Saint-Martin. Quelques minutes plus tard, ils s'arrêtaient sur la route de Loches, à hauteur d'un imposant rassemblement de véhicules jouant du gyrophare. FR3 était déjà sur place.

— Vous me les maintenez à distance, ceux-là ! fut la réponse de Delbart au brigadier qui portait la main à son képi.

Accueillis par le commandant Moulins, ils s'enfoncèrent d'une cinquantaine de mètres dans le sous-bois. Ils arrivèrent à un périmètre balisé par un ruban de plastique jaune et noir marqué GENDARMERIE NATIONALE qui tenait à l'écart une bonne partie de la nombreuse assistance.

— Ah ! vous voilà enfin…

Le salut du *proc* ressemblait plus à un aboiement qu'à une marque de civilité.

Barge crut nécessaire de rappeler sèchement qu'ils se trouvaient tous en réunion de coordination au Quai des Orfèvres il y avait moins de deux heures. Et qu'à ce titre ils regrettaient de ne pouvoir être à la fois aux champs et... au moulin !

Le commandant du même nom approuva de la tête, heureux de pouvoir partager avec d'autres la hargne du magistrat.

Selon les ordres transmis par radio, les services d'identité judiciaire et de médecine légale avaient laissé le corps en place. Ils procédaient aux dernières expertises.

Le spectacle n'était pas réjouissant. Le corps était celui d'une jeune femme dont le visage était méconnaissable, réduit à une bouillie infâme. La jupe retroussée découvrait le bas-ventre impudiquement exposé aux regards, les genoux écorchés, le slip encore accroché à une cheville. Des menottes immobilisaient à hauteur du ventre ses deux mains d'où émergeait une rose blanche.

— Nous avons retrouvé la pierre avec

laquelle le meurtrier a cherché à la rendre méconnaissable, dit l'officier de gendarmerie. Et puis regardez…

Ils se penchèrent. Caché par le sang et les chairs éclatées, on apercevait un morceau de ruban adhésif brun en travers de ce qui fut la bouche. Ils se reculèrent, bouleversés.

— Un sac à main ? Des papiers ? demanda Delbart.

— Non, rien !

Les présentations ne furent pas nécessaires pour Barge qui déclara calmement :

— C'est… Marie-Louise Duchemin, la danseuse du Diamant bleu qui partageait le lit d'Hugues Desforges la nuit où il fut assassiné.

— Vous croyez ?

— Affirmatif !

Il avait utilisé ce terme cher à la gendarmerie pour ne pas avoir à s'expliquer. Bien sûr que c'était la malheureuse Monika. Non seulement en raison de sa chevelure auburn, de sa peau laiteuse au teint de rousse allergique au bronzage, mais surtout en raison de ce que son corsage arraché laissait voir. Une poitrine magnifiquement pommée et, sur le fruit gauche, un grain de beauté. Un adorable petit point noir velouté qui avait attiré le regard de Barge durant tout l'interrogatoire de la malheureuse dans les locaux du SRPJ de Blois.

La fine mouche l'avait remarqué, jouant de l'échancrure de son corsage et de la gêne du policier.

Le souvenir troublant de ce corps plein de vie et l'horreur de cette scène constituaient un contraste déconcertant. Barge détourna les yeux. Il dut regarder à nouveau à la suite de l'observation de Delbart :

— Vous avez vu ? Des menottes *made in Taïwan*. De la quincaillerie qu'on trouve dans n'importe quel sex-shop au rayon sado-maso... Quant à la rose, ce n'est pas une Adélaïde d'Orléans.

Pressé d'en finir avec ce spectacle, le commissaire parisien approuva de la tête et fit signe qu'on pouvait disposer du cadavre. Il était lui-même cadavéreux et se sentait d'humeur massacrante. Il se tourna vers le commandant Moulins :

— Des traces ?

— Nombreuses ! Le meurtrier n'a guère pris de précautions. Il a garé sa voiture à l'entrée du chemin forestier. Nous avons relevé des empreintes très nettes. Des Michelin fort usagés... Il a laissé aussi un plaid, des mégots de cigarettes ainsi que des empreintes de pieds. Du quarante. Des chaussures à talons compensés... Un homme de petite taille qui veut paraître plus grand ! Nous avons relevé pas mal d'autres indices que nous envoyons au labo. Tenez, voici le légiste. Il pourra vous en dire plus.

L'homme tenait sa mallette sur la poitrine avec l'énergie d'un Harpagon à qui l'on voudrait voler son or. Il tapota sur le cuir en affirmant :

— Tout est là ! Vous aurez mon rapport demain.

Barge n'était pas décidé pour autant à le laisser partir déjeuner. Il connaissait trop les affres d'un estomac qui réclame pour ne pas imposer aux autres les souffrances qu'il supportait stoïquement. Ou presque !

— Comment a-t-elle été tuée ?

— Par étranglement. Les traces sur le cou sont assez nettes. Les vertèbres n'ont pas été brisées. On n'a pas affaire à un violent ou à un individu aux mains puissantes...

— A-t-elle été... violée ?

— Disons qu'ils ont eu un premier rapport sexuel peut-être consenti. Après le meurtre, l'assassin a dû violer le corps sans vie. J'ai effectué des prélèvements. Nous aurons son groupe sanguin et son ADN.

Il allait s'esquiver. Il se reprit :

— Ah ! J'oubliais... Elle l'a griffé profondément. En particulier au visage. J'ai relevé sous ses ongles des cellules d'épiderme et des cheveux d'un blond châtain. Tout est là, tout est là !

Il disparut en tapotant sa mallette.

— Dommage qu'il soit devenu légiste... Il aurait pu faire un bon joueur de tam-tam, jugea Grangier qui s'efforçait de blaguer pour éviter de vomir en public.

Deux hommes en blouse blanche s'avancèrent. En un tour de main, l'ex-belle Monika se retrouva allongée plus pudiquement dans un cercueil métallique et emporté sous les crépitements des flashs des photographes tenus à l'écart sur la N143.

La célébrité à titre posthume doit avoir le goût du café froid.

Le substitut du procureur semblait plus affable. Il venait de passer en direct pour le douze-treize de France 3 et se réjouissait de s'en être pas mal tiré. Les yeux dans les yeux avec la caméra... et des millions de Français, il avait affirmé que le Tueur à la rose, aux abois, prenait des risques et que l'affaire approchait de sa fin.

Il s'étonna de trouver les policiers maussades.

*
* *

La salle du café Potheloin, à l'entrée de Saint-Avertin, aurait pu satisfaire un metteur en scène à la recherche d'un décor des années cinquante. Voire un archéologue. La tenture était d'origine, ainsi que le panonceau de la loi sur la répression de l'ivresse publique, jauni par les décennies et maculé par des chiures de mouches manifestement en état d'ébriété.

Le plateau de cochonnailles, l'assortiment de fromages de chèvre et la miche de pain en avaient conservé le goût des produits du cru, mis en valeur, il est vrai, par un gamay tiré au tonneau.

Le patron du bistrot, dont c'était une des principales activités, avait le côté accueillant d'un ours des Carpates mais les policiers n'avaient aucune commission rogatoire du syndicat d'initiatives pour contrôler les efforts touristiques de la France profonde. Durant un bon quart d'heure les mâchoires ne s'ouvrirent que pour mastiquer ou aider les bouchées à descendre d'un coup de rouge gouleyant. Il fallait bien cela pour se remettre de ses émotions. Forest, Delbart, Grangier pas plus que Barge ne semblaient pressés d'évoquer les derniers événements. Au deuxième pichet, il fallut reprendre le collier.

Barge, qui avait repris quelques couleurs empruntées au cépage local, reprit également la parole :

— Alors, messieurs, vos conclusions ?

Delbart fut affirmatif.

— On a affaire à un imposteur ! Rien à voir avec les meurtres précédents. C'est là le crime d'un malade sexuel à la recherche d'une consécration de l'actualité. Un tueur apparemment organisé qui emporte son kit (menottes, ruban adhésif, rose blanche) afin de ressembler à son héros. C'est oublier que ce dernier ne viole pas, ne défigure pas ses victimes.

Son collègue de Blois secoua la tête :

— C'est vrai, Delbart, mais vous oubliez que la petite Monika était dans le coup lors du crime du fils Desforges. Elle en savait sûrement plus qu'elle ne l'a prétendu. Nous l'avons remise trop facilement en liberté. Le tueur aura craint que la mémoire ne lui revienne…

— Et si elle le faisait chanter ? avança Grangier.

— Possible, en effet...

— Pourquoi l'avoir défigurée, alors, demanda Barge.

— Pour nous retarder, car il a besoin de temps pour achever son programme. Il reste partagé entre ici et Paris, ne l'oublions pas.

— Votre hypothèse ne tient pas, Forest ! reprit Delbart. On n'a pas affaire à notre tueur. Ce n'est pas le même portrait psychologique. Pourquoi se mettrait-il maintenant à ne plus prendre de précautions, à tuer de ses mains, à se comporter en psychotique ?

Barge restait songeur. Chacun de son côté, ses collègues marquaient des points. Et lui ne pouvait s'empêcher de revivre la scène du bois, de revoir le corps épanoui réduit à l'état de cadavre mutilé, profané. Une rage froide l'empêchait d'analyser sainement, de trancher entre ces deux opinions contradictoires. Il fallait réagir, battre l'assassin de vitesse.

— Bon ! Forest, retournez à Blois et

mettez-moi sur le gril le patron du Diamant bleu. Il faut qu'il nous retrouve le pedigree de tous ceux qui, hier au soir, ont approché Monika.

— Oui, ce sera facile. Je peux en outre compter sur un vieux *tonton* qui me doit beaucoup. Il saura se montrer bavard…

— Bien! Et vous, Delbart, que comptez-vous faire?

— Ce n'est pas un hasard si le tueur est venu commettre son crime dans mon secteur. Il pouvait la tuer à Blois. Je vais moi aussi mettre sur le coup un ou deux *cousins* qui me doivent le droit de circuler librement. En liaison avec Forest, nous devrions remonter rapidement à notre bonhomme. Ce ne doit pas être une grosse pointure.

— Du quarante… osa Grangier, enfin remis.

— Le commandant Moulins a déjà pris les mesures pour contrôler les véhicules sortant de votre périmètre Blois-Tours. Nul doute que le problème est momentanément localisé dans votre « doulce France ». Il vous appartient de travailler tous les deux en étroite collaboration et de me tenir au courant, pas à pas. Je dois rejoindre Paris, où maître Gaboriau risque une sérieuse remontée de sa tension en apprenant la mort de la dernière maîtresse de son client.

Ils se quittèrent sur un café nature avalé distraitement.

XIII

Pour qui n'avait connu que des réussites modestes limitées à un CAP de comptabilité, un emploi de bureau super-smicard et, plus tard, un grade de caporal-chef durant son service militaire, un mariage avec la plus belle fille de la région avait de quoi flatter l'orgueil sous-cutané. Hélas, le rêve n'avait duré que six mois et la belle s'était envolée.

Cette fois, les journaux n'en avaient que pour lui. Les titres avaient grossi au fur et à mesure de leur parution. Il découpa les plus marquants, les punaisa sur le papier à fleurs, se recula pour mieux juger. LE CRIME DU CHÊNE PENDU avait un goût de mystère supérieur au banal MEURTRE À MONTBAZON. Sa préférence allait pourtant à *la Nouvelle République*, qui affichait LE

TUEUR À LA ROSE RÉCIDIVE. Il aurait aimé avoir son Larousse pour chercher le sens de ce dernier mot.

Pas de doute, en tout cas, il était bien le tueur du jour !

Il manquait pourtant sa photo... Il n'allait pas la leur envoyer, évidemment, mais il y avait là une absence regrettable qui nuirait à sa célébrité. Être celui que l'on recherche dans toute la France et ne pas être reconnu sur un trottoir ou à Carrefour, c'était déprimant. Il fallait s'y faire !

Il eut une idée, comme il en avait tant. Il trouva dans sa valise le dossier rouge qu'il avait pensé à emporter. Sous une foule de papiers divers, factures, lettres de l'administration, il découvrit la photo qui avait échappé à ses crises destructives. Celle de leur mariage, suffisamment grande. Un portrait fait en studio. Un tête-à-tête émouvant, tempe contre tempe. La garce !

Les ciseaux, il en avait dans sa trousse de toilette. D'un geste énergique, le tête-à-tête du jour le plus beau fut interrompu. Il jeta dans la corbeille la tendre moitié et fignola la découpe de son visage. Un beau garçon de vingt ans alors, aux cheveux blonds laqués, aux joues encore duvetées, qu'aurait dû vieillir une moustache trop peu fournie. Un visage poupin. Il faisait minot, c'est vrai. N'empêche que des petites, là-bas, il en avait tombé avant de décrocher le gros lot !

Il plaça la nouvelle image du tueur parmi les premières pages des journaux. Un scoop ! *Paris-Match* paierait combien pour ce placard ?

Après avoir disposé sur le guéridon le verre à dents de la salle de bains et son reste de whisky, il s'assit dans l'unique fauteuil de la chambre. Il se sentait des envies de mener la grande vie, désormais !

Il lut attentivement les articles tombés à ses pieds. *France-Soir* donnait dans le culturel avec un papier intitulé, TUEURS EN SÉRIE : COMMENT DÉPISTER LES INDIVIDUS À RISQUE ? Il réalisa combien l'absence de renseignements précis ne gênait nullement un journaliste de métier doté d'assez d'imagination. Il s'emporta à la lecture d'un éditorial présomptueux affichant : LE

FILET SE RESSERRE SUR LE TUEUR À RÉPÉTI-
TION. Il le déchira.

Tu parles ! Il fallait voir le procureur,
hier, au journal de vingt heures. Bla...
bla... bla... et langue de bois ! Rien ! Il n'y
avait qu'à regarder la tronche des poulets
de haut vol, rappliqués de Paris et refusant
d'être filmés. Le cercueil chargé dans un
véhicule de la police allait-il faire pleurer
dans les chaumières, à l'exemple des
tonnes de liquide lacrymal versées pour la
photogénique Lady Di ?

Monika béatifiée à son tour... Comme
mère Teresa ? Il est vrai qu'elle avait dû en
soulager plus d'un, cette garce, dans sa
boîte à putes. Pas la sœur, sa femme !

Dire qu'il avait fallu l'affaire de Bracieux pour qu'il retrouve la trace de son
épouse dont il n'avait plus de nouvelles !
Depuis... cinq ans.

Monika ? Je t'en foutrai, Marie-Louise !
Toute gosse, déjà, elle changeait de pré-
nom comme de petite culotte. Il l'avait
connue à son salon de coiffure. Elle avait
dix-sept ans, lui, dix-neuf. Elle avait noté

avec satisfaction qu'ils étaient tous deux du signe de la Vierge. Tout un programme pour la Marie-Louise qui, depuis sa puberté, n'avait prolongé cet état que dans son horoscope. Pendant une année qu'ils s'étaient fréquentés, elle s'était tenue à carreau. Du moins il le pensait. Il avait insisté pour qu'ils se marient avant son départ au service, afin de la garder.

Six mois plus tard, un soir de perm, il n'avait trouvé qu'une lettre sur le réfrigérateur — vidé, comme le compte en banque — lui recommandant de l'oublier.

L'oublier ? Est-ce qu'on peut oublier une fille comme elle ? Un morceau de roi, d'empereur même, la Marie-Louise ! Jolie comme un cœur, brûlante comme une chaudière De Dietrich... Fallait voir le regard des types à leur égard. Ils en bavaient ! Elle s'en amusait. Lui se redressait, un sourire en coin à l'adresse de ces minables. Tous des jaloux !

À la fin de son service militaire, il n'avait pas eu le courage de revenir à Pessac. Il était monté à Paris, pour se retrouver à Argenteuil, où les logements sont

moins chers. Train-métro-boulot-dodo...
solo !

Cinq années de vie médiocre, noyé
dans la masse, coulé dans le béton de l'ennui. Quelques boudins du coin qui se
moquaient de son accent... Putaing ! Fallait vraiment avoir faim.

Et la Monika qui réapparaît en première page des journaux, à la télé même !
Célèbre pour avoir passé la nuit avec un
type assez con pour se faire buter quasiment dans son lit. Dans le château du
comte... À dormir debout !

Il avait hésité, acheté un tas de canards,
découpé des photos et des articles (déjà !).
Et découvert l'existence du Tueur à la
rose, lui qui jusqu'ici ne lisait même pas
l'Équipe.

Il s'en serait tenu là si la vie, vacharde,
ne lui avait fait un nouveau croche-pied.
Un rachat de la boîte où il s'ennuyait
trente-neuf heures par semaine, dans l'attente de ne s'ennuyer que trente-cinq.

Licenciement   économique.   Prime.
Merci monsieur. Bonne chance mon petit !

Le petit, il en avait soupé, de la capitale. Paris by night, quand t'as manqué le dernier train, c'est pas le pied... mais les pieds qui souffrent !

Bingo ! Il allait refaire sa vie... Et pourquoi pas avec Marie-Louise ?

*
* *

Le retraité, dans cet endroit retiré, n'avait pas si souvent l'occasion de parler. Il accepta volontiers de répéter ce qu'il avait dit au brigadier, puis au capitaine de gendarmerie, et maintenant à ce commissaire à l'aspect sévère.

— Faut vous dire qu'à mon âge — bientôt quatre-vingt et une chopines ! — le sommeil, c'est comme les femmes, ça vous fuit ! Et sauf votre respect, l'heure de la prostate avait sonné : je venais de me lever pour la seconde fois. J'étais descendu dans le jardin et pissais tranquillement à la lune en songeant qu'il faudrait bientôt tailler les rosiers.

C'est alors que j'ai entendu une voiture qui allait en direction de Tours. Elle a freiné assez fort à hauteur de la maison. Comme si j'attendais de la visite en pleine nuit ! Elle a fait demi-tour, s'est rangée sur le bas-côté, à hauteur de ma grille. J'ai entendu claquer une portière et j'ai vu un type s'approcher.

Le temps de finir ma giclée — dame, ça coule pas vite ! — il avait sauté le portail, qu'est pas très haut, il est vrai. Fi'd'garce, il allait voir si je m'laisserais dépouiller ! Vu qu'il ne pouvait pas me voir, derrière la vigne-vierge, j'ai attendu pourtant avant d'aller chercher mon fusil de chasse. Un mauvais coup, c'est vite arrivé. Eh ben, vous me croirez pas, monsieur le commissaire, il...

— Il vous a volé une rose !

— Tout juste !

Le bonhomme regarda le policier avec une certaine curiosité admirative.

— C'est-y pas Dieu possible ? Qu'est-ce qu'y zont dans le cigare, maintenant ? Venir de Loches pour voler une rose... Et pas la plus belle, car j'ai des Madame Coty au fond, près des laitues. Là-dessus, il est reparti d'où il était venu. Remarquez, au matin, j'avais pas idée de porter plainte. Mais quand j'ai appris à la télé c'qu'était arrivé à cette pauvre fille, à un kilomètre de là, je m'suis dit qu'il fallait en toucher un mot aux gendarmes.

— Vous avez eu raison, monsieur. Il était quelle heure quand a eu lieu... le vol ?

— J'ai regardé le réveil en me recouchant : deux heures et demie passées.

— Bien. Nous vous remercions de votre collaboration...

— Mais c'est pas tout ! J'arrivais pas à me rendormir, avec tout ça. Je me demandais si, pour un peu, j'étais pas tombé sur un Martien. Le genre pas méchant, comme celui d'*la Soupe aux choux*, le film de la télé. Un poète, peut-être ? Et voilà qu'j'ai entendu à nouveau la voiture.

— Vous en êtes sûr ?

— Comme j'vous entends ! Faut vous dire qu'y a pas beaucoup de circulation à c't'heure-là, que j'ai encore l'oreille fine et qu'j'ai fini garagiste après avoir été maréchal-ferrant dans ma jeunesse. La mise au point d'un moteur, ça me connaît. Sa Peugeot, elle avait besoin d'un réglage de soupapes ! C'est bien elle qu'est repassée en direction de Tours. Il était plus de trois heures. Plus près de quatre.

— Vous affirmez que c'était une Peugeot ?

— Même qu'elle était blanche !

Le brigadier qui avait déjà dû relever sa déposition rougit de confusion. Le détail oublié était d'importance.

— Vous l'avez vue ?

— Comme je vous vois ! Une ancienne 205. Une GTI : le genre vroum vroum. Il l'avait arrêtée devant le portail, j'vous ai dit.

Le commissaire avait retrouvé son sourire :

— Pendant que vous y êtes, vous n'auriez pas son numéro, par hasard ?

— Non, je regrette : je ne prends jamais mes lunettes pour aller pisser. Encore qu'ça me serait pt'être bien utile, certaines fois.

*

* *

Delbart avait rejoint le commissariat. Il lut négligemment les rapports déposés sur son bureau, en signa deux puis s'installa devant son PC. Il se mit en communication avec l'ordinateur central de Beauvau. Il éplucha consciencieusement le fichier, parut trouver ce qu'il voulait et appela son collègue de Blois.

— Delbart, à l'appareil. Bonsoir, Forest.

— Bonsoir ! J'allais vous envoyer un fax, vous tombez bien… J'ai cuisiné le patron du Diamant bleu. Il n'a pas fait de difficultés car notre homme n'est pas un de ses clients habituels. Un inconnu dans le secteur. Le genre cave, fauché, d'après lui. Un blondinet souffreteux, petit, aux épaules en bouteille de Perrier. Monika a paru troublée en le voyant. À la fin de son numéro elle a refusé l'invitation d'un habitué pour rejoindre la table de ce paumé (je reprends ses termes). Ils ont discuté longuement. Monika, plus d'une fois, a secoué la tête, a semblé contrariée. Au point que le patron est passé voir si tout allait bien. Elle a présenté l'inconnu comme quelqu'un de sa famille et l'a rassuré. Il n'a pas insisté. Ils ont consommé une bouteille de champagne, dansé une fois ou deux et fini au whisky avant de quitter l'établissement. Le portier-videur de service m'a assuré qu'ils sont partis dans une 205 GTI claire. Plus claire qu'eux, qui semblaient un peu noirs. Un débris immatriculé 95, a-t-il précisé. J'en ai informé la gendarmerie. Elle avait déjà le renseignement et le capitaine Blanchard avait lancé un avis de recherche national.

— Oui, je sais. Je vous appelais pour vous tenir au courant. L'individu est venu en pleine nuit cueillir une rose dans le jardin d'un retraité, près du lieu du crime, afin de faire plus vrai...

— Il n'y aurait pas préméditation, alors ?

— Peut-être... Avez-vous les premiers résultats de l'Identité judiciaire ?

— Non, pas encore. Il faut attendre.

— Je n'ai pas le temps. Je vais me mettre en chasse. Je crois tenir une piste...

Il sembla hésiter à la confier.

— Monika n'est pas née Duchemin mais Marie-Louise Germain. Elle était mariée. Ce monsieur Duchemin pourrait bien être notre tueur amateur. J'ai faxé mon rapport au Quai des Orfèvres et je vais tenter de remonter jusqu'à notre homme.

— Vous avez eu l'accord de Barge ?

— Non. Il était introuvable et le temps presse… Je vous tiens au courant !

— Mais il n'y a pas le feu ! La gendarmerie poursuit l'enquête…

— Et si le Tueur à la rose le trouvait avant elle ?

Il avait raccroché. Forest hocha la tête. Ce Delbart était vraiment un solitaire, incapable seulement de faire équipe avec son adjoint. Le juge Perron allait encore avoir l'occasion de piquer sa colère.

*
* *

Robert Duchemin se fendit d'un sourire. Les informations de France-Inter confirmaient ce qu'il avait vécu : les flics étaient sur ses traces. La partie devenait intéressante. Il aurait bien voulu savoir, pourtant, ce qui les avait mis sur sa piste. Il réfléchit. Un tueur doit avoir quelque chose dans la tronche s'il veut s'en tirer. Il avait peut-être eu tort de laisser toutes ces coupures de journaux dans la corbeille de sa dernière chambre d'hôtel ? Tous des indics, ces limonadiers !

Ce n'était quand même pas le coup de fil donné à sa mère. Il l'avait trouvée inquiète. Elle devait être au courant pour Marie-Louise. Si bien qu'il n'était pas passé la voir à Mérignac, se contentant de prendre de ses nouvelles au téléphone et de lui demander si elle avait toujours la vieille maison de gemmeur que son père avait retapée. Une petite maison landaise, basse, isolée dans les pins, que séparait de l'océan une haute dune. Elle avait été le lieu de vacances inoubliables.

Une vie, c'est avant tout des souvenirs d'enfance. Des images à la taille des yeux d'un gamin, des images que l'on garde jusqu'au dernier jour. Tout en observant la

route, il revoyait les rouleaux qui les bras-
saient, les bousculaient, les rejetaient son
père et lui, sous le regard affolé de sa
mère. Ils se relevaient crachotant, riant, le
maillot de bain lourd de sable et les lèvres
salées comme la morue du vendredi.

Pourquoi, oui, pourquoi était-il mort,
ce père si solide, abandonnant sur le
rivage de l'adolescence un fils de treize
ans ? Et comment sa mère avait-elle pu se
mettre à la colle avec ce sale type ? Trois
ans, trois longues années qu'il avait fallu
le supporter avant qu'il crève. Il n'avait
qu'à savoir mieux nager, ce con ! Et ne pas
le suivre dans cette zone de fort courant
de *baïne* où son père et lui s'amusaient
tant.

Laisser se noyer un salaud, ce n'est pas
un crime !

Le crime, c'était l'autre nuit…

Tout aurait pu bien marcher : il avait
tout organisé dans le moindre détail. Suffisait qu'elle dise oui, la garce ! L'argent ?
Il en avait plus qu'elle n'en avait jamais
eu. C'est qu'avant de partir il s'était

accordé un supplément à son indemnité de licenciement. Une prime spéciale pour cinq années de bons et loyaux services à désirer ces billets qu'il comptait si rapidement. Un petit détournement modeste mais un placement sûr, à condition de ne pas moisir dans le coin.

Le temps de s'acheter une 205 GTI encore potable, de faire ses valises, de virer dans une banque concurrente le chèque détourné, d'empocher du liquide, et il débarquait dans la vie de Marie-Louise, prêt à tout oublier.

La star du Diamant bleu ne l'entendait pas ainsi. Elle était contente de voir qu'il allait bien, qu'il était en fonds et qu'il avait toujours de beaux cheveux blonds. Un brin de chemin avec lui ? Elle voulait bien... jusqu'à l'hôtel ou un endroit tranquille. Pas plus loin !

Il avait joué le jeu, Robert. Ils avaient bu — elle ne tenait pas tellement l'alcool, avant — et il avait mis le cap sur le pays ! Il la voulait comme ça, sans ses fringues ni ses bijoux offerts par d'autres. Sans bagages! D'ailleurs, il n'y avait plus de place dans le coffre.

En route pour le Sud-Ouest! L'air du pays est plus sain : Monika redeviendrait Marie-Louise. Et puis il y avait toujours la possibilité de gagner l'Amérique du Sud. Des cargos mixtes partaient régulièrement de Bordeaux.

À Tours, elle avait réalisé qu'il avait des intentions de grand voyageur. Elle avait exigé d'être ramenée. Devant son refus, elle avait sorti un revolver de son sac et semblait capable de s'en servir. Ils avaient quitté l'autoroute après Saint-Avertin et pris la route à gauche.

Au premier bois, il avait ralenti et s'était avancé dans un petit chemin peinard. Elle n'avait nullement protesté. Il avait pris le plaid de la banquette arrière et lui avait aménagé une couche royale, au clair de lune.

Pourquoi, en riant, avait-elle sorti de son sac (une vraie malle, ce truc!) des préservatifs, une paire de menottes et un ruban adhésif? Le matériel préféré d'un client, depuis son affaire de Bracieux. Il exigeait qu'elle l'attache, le bâillonne et lui tire dans la tête avec le revolver... non chargé. Un malade ? Oui, mais elle en rencontrait tant.

Lui n'avait pas besoin de ces combines, elle allait vite s'en rendre compte. C'est qu'elle était salement excitante, la garce, les jambes écartées face à la lune qui matait ! Il ne tenait plus.

Il avait arraché le corsage, baissé le slip et l'avait prise comme un soudard. L'ennui, c'est qu'elle ne demandait que cela, qu'elle était brûlante et lui trop fou d'elle. À peine accueilli si chaudement, il avait explosé, confondant fille de joie et Cocotte-Minute.

Elle n'aurait pas dû, non, elle n'aurait pas dû éclater de rire, se moquer de lui. Cela peut arriver... Mais elle continuait. Vulgaire, salace. Il eut beau lui crier de se taire, elle riait, hystérique.

Alors il a serré ce cou si tendre, secoué par l'hilarité, avec d'autant plus de rage qu'elle le griffait au sang. Ce n'était plus Marie-Louise, sa Marie-Louise, c'était Monika, leur Monika ! Qui haletait, ouvrait de grands yeux, cherchait à détacher ses mains, comprenait enfin qu'il l'avait toujours aimée.

Il est resté un long moment sans comprendre. Elle ne bougeait plus. Elle ne bougerait jamais plus. Il n'avait pas voulu cela, lui.

Il suffisait qu'elle dise oui, la garce !

La vue des menottes près de son sac a été l'étincelle : le Tueur à la rose pouvait prendre ce crime à son compte. Il n'était plus à un près ! Il les lui a mises, lui a collé un morceau de ruban adhésif sur la bouche. Restait la rose...

Il avait repéré une maisonnette bordée d'un jardin, en empruntant la route. Il avait suffi de quelques minutes pour y retourner, en cueillir une qu'il espérait blanche (au clair de lune ?) et revenir.

Quelle mouche l'a piqué, au retour, en la revoyant toujours aussi impudique ? Jupe troussée, cuisses béantes, corsage grand ouvert, sans soutien-gorge. Impuissant, lui ? Elle allait voir... Il s'est jeté sur elle, l'a besognée longuement, cette fois.

Elle est restée froide, indifférente à toute l'énergie qu'il mettait dans cette étreinte salvatrice, capable de l'arracher au néant. Pis ! Elle continuait à le fixer.

Sa main gauche a rencontré une grosse pierre, au ras de la couverture écossaise. Il a alors frappé, frappé avec violence, en chialant. Frappé pour éteindre ce regard qu'il ne pouvait plus supporter.

Il est maintenant un homme en cavale, comme ils disent dans les polars. Ce n'est pas pour lui déplaire. Ça vaut le train Argenteuil-gare Saint-Lazare à l'heure de la morosité matinale ou de la morne fatigue du soir. Il n'a plus envie de rentrer dans le rang, de remettre sa panoplie d'employé. Il suffit de se faire oublier quelque temps. Ensuite, il trouvera bien un capitaine de bananier en quête de client et peu regardant sur ses papiers. Avec du pognon... Ou bien, il filera en Espagne, et de là...

Tiens ! Et ça ?... Ce ne serait pas un barrage, au loin ? Des véhicules arrêtés, un gyrophare...

Il est urgent de déclencher son propre plan ORSEC! Les chemins forestiers, il connaît. Un freinage ferme mais discret, un à-droite-toute pour un arrêt-pipi des plus naturels. Voyons la carte Michelin...

Futés les gendarmes! Ils ont bloqué la route avant le croisement. Lui qui avait évité la N650 d'Arcachon en faisant le détour par le sud... Il allait tomber dans le panneau. Il suffit de redescendre vers Sanguinet et de prendre tout de suite à droite par l'allée forestière qui coupe le canal de la Teste à Cazaux.

Pied léger, il repart en sens contraire, sans hâte excessive. Un témoin vicieux, un hélicoptère curieux sont toujours possibles. Il a coupé sans hésiter vers la D112. Il ouvre sa vitre. Les pins humides de la dernière pluie lui rappellent ces odeurs dans lesquelles baignaient ses vacances. Il roule peinard, heureux d'avoir changé les effluves du métro pour ce mélange de résine, d'humus, de champignon, de fougère... et de pin.

Il a reconnu la route qui passe au pied de la Truc de la Truque. Un nom qui l'amusait, étant gosse. Un des hauts sommets des Landes, à plus de soixante-treize mètres ! Ils en ont fait l'ascension, son père et lui. Il était toujours le premier en haut, les dernières années.

Il approche, il le sent. L'air a le goût du sel, des embruns, de l'océan. Il se met à siffler. La route forestière est libre. Il est dans son royaume ! C'est là, ce chemin qui s'enfonce entre les hauts fûts... Il lui paraît moins long : il débouche plus tôt que prévu dans une clairière bien minuscule. La maison, c'est cette cabane ? Il en reconnaît la vigne qui grimpe à l'assaut du toit, le tonneau que remplit la gouttière, le banc sous l'étroite fenêtre. Tout à l'échelle 1/2 ! La maison de Blanche Neige...

La porte a été fracturée. À l'intérieur, tout est en désordre, couvert de poussière, mais il n'y avait pas grand-chose à voler. Quelqu'un a dû s'y abriter un moment. Un squatter ? Des gamins ? Des amoureux ?

Avec un entrain de pionnier, il a trouvé le balai, un torchon, et briqué en sifflotant l'air des sept nains du film de Walt Disney. En moins de deux heures, les deux pièces sont habitables, ses valises rangées, son ravitaillement en place. Fameuse idée d'avoir fait le plein à Mammouth avant d'arriver.

Le premier whisky sur le banc, jambes allongées, en grignotant quelques grains de raisin encore verts, vous a le goût d'une journée bien remplie. Son père se tenait ainsi avant de dîner.

Demain, il ira retrouver l'océan. Il est trop tard, maintenant.

XIV

Il aurait dû garder le plaid de la voiture : il ne faisait pas chaud au petit matin. Le plaid ? Monika... Qu'elle aille au diable, celle-là ! Marie-Louise n'avait qu'à le suivre. Ils ne seraient pas bien, ici ?

La brume s'effiloche sur la forêt, accrochant les plus hauts arbres, y abandonnant un morceau de ouate. Du sol montent des odeurs de terre et de végétaux comme aucun Parisien ne peut en imaginer. La casserole d'eau chuinte sur le camping-gaz tandis qu'il beurre ses tartines. Il ne va pas se faire livrer des croissants !

Deux pies jacassent tout près, envieuses de ce petit déjeuner de préretraité... de vingt-six ans. Ah ! le goût du gros pain marbré de jaune d'Isigny et de rouge de confiture que l'on trempe dans le bol, tandis que les deux pies font maintenant des travaux d'approche dans sa direction ! Ce n'est pas à Argenteuil qu'il déjeunerait en tête à tête avec la nature.

Et la première cigarette dont la fumée se glisse, insidieuse, dans vos bronches de futur bronchiteux, de catarrheux en puissance ? Il n'en est pas là, et il la savoure comme si c'était la dernière cigarette. Celle du condamné.

La salle de bains ? Au pied du réservoir d'eau douce, dans une cuvette. Torse nu d'abord, à poil ensuite, car il se fait déjà à la température un peu frisquette. Ses petits muscles noueux rougissent sous l'attaque, fument eux aussi. Il se sent bien, il se sent fort.

Un jean, un tricot de marin sur sa chemise fripée, il est paré pour son rendez-vous. Non ! Et s'il faisait un carton pour se faire la main ? On ne sait jamais, dans son cas. Il prend le revolver du sac de Monika et la boîte de cartouches, au fond. Un magnum 357, des bastos de 9 millimètres !

Du sérieux ! Avait-elle peur, finalement, ou son client était-il un dingue de la détente ?

Il a chargé avec soin le barillet, l'a fait tourner à la façon d'Alain Delon et l'a glissé à sa ceinture, comme il se doit.

Y a pas à dire, il est un autre homme.

La distance lui a paru plus courte mais l'émotion est la même. Impétueuses, les vagues continuent de monter à l'assaut comme si la guerre n'était pas finie. Dans un bruit de fond assourdissant elles chargent, blanches d'écume, pour s'écraser sur le rivage où elles arrachent une coulée de sable. La guerre mer-terre ! Une guerre sans fin entre les éléments liquide et solide où le vainqueur est le vent qui attise l'une pour envahir l'autre sous les millions de grains de sable qu'il propulse.

Le mur de l'Atlantique, le vrai, le naturel, il est là, prêt à déferler sur les lignes arrière. Plus haut, plus résistant que la malheureuse ligne de défense de l'ami Fritz, que les derniers blockhaus de l'Organisation Todt basculés dans le bouillon, envahis par les crabes. C'est de là que

Robert contemple, assis, la charge sans
cesse renouvelée au pied de la cote 114.
Là où viennent mourir les derniers fan-
tassins marins, dans un nuage protecteur
d'embruns. Il se baignerait bien, mais il ne
fait pas chaud. Et son père n'est pas là.

T'as peur, petit ?

Il aime bien se provoquer, sachant qu'il
ne se dégonflera pas. On ne meurt qu'une
fois...

Il ne croit pas si bien penser.

La mort, c'est peut-être ce type qui
arrive, les mains dans les poches de son
imperméable, marchant péniblement
dans le sable qui roule. Un flic ? Ils évitent
de jouer au solitaire, sachant que leur pro-
fession enregistre plus de victimes du
devoir que celle de comptable. Celui-ci
paraît s'entêter, se dirige droit vers lui.

Robert a vérifié. Rien à droite, rien à
gauche. Il est venu seul, ce branque ! Il
ignore qu'il a conservé le feu de Monika.
Il le sort de derrière sa ceinture, se relève.
Il le laisse s'approcher, pas trop quand
même. L'autre semble lui parler, montre

ses mains sans arme. Le rugissement des flots emporte ses paroles. Ses dernières !...

Deux fois il a tiré sur l'inconnu, enfin immobilisé.

À la troisième détonation, c'est lui qui s'écroule. C'est pas du jeu : il savait mieux viser, ce con !

*
* *

Barge est de fort mauvais poil. Ni la gendarmerie nationale ni le shérif Delbart, lancé seul sur la piste de l'*outlaw*, ne sont parvenus à gagner de vitesse leur tueur. Une fois de plus !

La brigade d'Arcachon a enquêté sur place la première. Le corps du nommé Robert Duchemin, vingt-six ans, demeurant 104, rue Marcel-Cachin, à Argenteuil, a été retrouvé tué d'une balle dans la tête sur une plage des Landes, entre la pointe sud de la dune du Pilat et la maison forestière de Gaillouneys. Il tenait à la main une ancienne arme Manurhin de 7,65 ayant tiré deux cartouches.

Sa voiture a été découverte plus tard près d'une vieille cabane de gemmeur appartenant à sa mère, Huguette Marie-Jeanne Duchemin, veuve de Paul Duchemin. L'homme se serait réfugié là à la suite du meurtre de son épouse, Marie-Louise Duchemin.

La victime a été conduite à l'institut médico-légal de Bordeaux et l'enquête confiée au SRPJ.

Le commissaire principal repousse le fax et soupire.

— Vous comptez vous rendre sur place, patron ?

— Toi qui aimes le foot, tu n'as jamais vu une équipe faire courir le ballon ? À quoi sert de se précipiter après s'il repart sur l'autre aile ?...

Grangier apprécie en connaisseur. Il a encore en tête les images du Mondial, de nos champions. Barge l'étonnera toujours !

— Alors, que comptez-vous faire ?

— Nous rabattre en défense et protéger notre goal : maître Gaboriau.

— Et ce nouveau meurtre ?

— Ne nous dispersons pas. Laissons l'enquête se poursuivre et attendons les divers rapports. Ils peuvent nous apporter des éléments intéressants mais ce n'est qu'une piste annexe.

— Ce Robert Duchemin n'avait rien à voir avec le Tueur à la rose ?

— Uniquement sur la fin... puisque c'est lui qui l'a descendu !

— Vous croyez ? Mais il n'a pas laissé sa signature habituelle...

— Juste ! Pourquoi ? Voilà qui est curieux, tu ne trouves pas ?

— Il est à court de roses ou...

— Ou... il n'avait pas l'intention de le tuer.

— Comment est-il parvenu le premier jusqu'à lui ?

— En faisant marcher ses petites cellules grises, répondrait Hercule Poirot. Notre collègue Delbart a fait de même. Il est parti sur les traces de Robert Duchemin en pensant qu'il se cacherait tout naturellement dans son pays natal, qu'il ferait appel à sa mère. Une réaction primaire des plus courantes. Il est arrivé trop tard. Notre meurtrier était déjà passé, arrachant à la veuve Duchemin l'existence d'une cabane de vacances où son fils pourrait tranquillement rester caché. Delbart a prévenu la brigade d'Arcachon. Trop tard, hélas !

On frappe. Le lieutenant Pradel entre, s'avance dans un sourire et lui tend un papier.

— Ce fax vient de nous parvenir de la balistique, patron.

— Merci, Michèle ! Tu vois, Grangier, la supériorité des femmes dans la police, c'est qu'elles sourient…

Son adjoint jette un regard à hauteur de la poitrine de sa jeune collègue fraîchement débarquée et conclut amèrement, sur un clin d'œil :

— Moi, c'est Paul, patron… Et qu'est-ce qu'elle a de plus que moi, Michèle ?

Ledit patron s'est plongé dans la lecture du document pour cacher son trouble après une remarque aussi directe. Il s'exclame bientôt :

— Bon sang! L'arme avec laquelle Robert Duchemin a tiré sur notre tueur est celle qui a tué Hervé Chappuy... Un 7,65 Manurhin! Qu'en penses-tu... Paul?

*
* *

Il aura ma peau! Malgré l'agitation stérile des policiers chargés de ma protection. Une société incapable de protéger ses avocats est une société en faillite. Plus de protecteurs, plus de justice!

Il empoisonne mes jours, il obsède mes nuits. Une technique éprouvée, vieille comme le monde. Le supplice chinois de la goutte d'eau qui tombe inlassablement au même endroit sur la tête du condamné! Lui préfère varier les raffinements.

Les roses, je m'y serais fait. Les photos, elles, restent impressionnées sur la rétine. Cette jeune femme, je ne l'imaginais pas si gracile, si délicate. Un vrai saxe! Elle n'assistait pas au procès et je n'avais vu d'elle que deux ou trois mauvais clichés.

J'en ai vraiment trop fait en développant la thèse du non-viol, du consentement latent, de l'accord final. Emporté par ma fougue, j'ai suggéré l'idée du plaisir partagé car refoulé au plus profond de la conscience morale, sur le ton convaincu d'un disciple de Lacan. Pauvre fille ! Fichu métier aussi qui consiste souvent à noyer l'un pour sauver l'autre... Ma satisfaction à l'énoncé du verdict n'en est que plus impudique aux yeux de celui qui, dans la foule, s'est juré de la venger.

Mais de là à tuer tout le monde... Un psychopathe, ce type, un malade !

Et ces derniers clichés reçus la semaine dernière ? Les visages de mes trois clients dotés d'un troisième œil au milieu du front vont danser cette nuit une fameuse sarabande... Je les ai examinés dans leur froide reproduction : les regards qui n'accrochent plus rien, leur fixité devant le bourreau... ou la mort. Je me suis planté devant un miroir. J'ai tenté de m'imaginer ainsi, tâté l'endroit où la balle pénétrera. C'est fou !

Que font leurs fameux limiers du Quai des Orfèvres ? Pas de traces, pas d'empreintes... et la belle machine s'arrête, en panne de carburant. Dès la première nuit, j'ai testé mon service rapproché. Je me suis levé sans allumer, j'ai entrebâillé la porte : mon garde du corps était là, occupé à lire, me tournant le dos. Il m'a demandé si je désirais un verre d'eau, avant de me souhaiter une bonne nuit.

Une bonne nuit ! Je voudrais bien le voir à ma place, ce rigolo. Les flics et la psychologie... Je ne peux plus rien digérer, supporter. À commencer par ma femme... Quelle égoïste ! On réalise les véritables sentiments de ses proches dans les emmerdements. L'absence de son coiffeur la touche plus que mes « craintes abusives ». Des craintes ?... quand je pète de trouille ! Je me demande si ma disparition la toucherait, la garce.

Le docteur Guérit — un nom bien prétentieux, en réalité ! — m'a donné des antidépresseurs et un somnifère. J'en sors éteint, la tête vide, la langue râpeuse. Bien trop abruti pour rédiger ma prochaine plaidoirie. Je suis conscient de me montrer d'humeur massacrante avec mes deux malheureux stagiaires qui préparent la défense de mon dernier client.

Dernier ? Je n'aime pas ce mot. Il sent la dernière cigarette, le dernier verre de rhum. On a supprimé la peine capitale mais les tueurs n'ont pas dételé. Ils n'ont pas signé de convention syndicale avec le garde des Sceaux. Pas même un accord tacite…

« Les soussignés, meurtriers en tout genre, s'engagent à abroger la peine de mort au sein de leur corporation à titre de réciprocité de la loi de 1981. » Voilà qui me comblerait ! À moins que je ne sois tombé sur un non-syndiqué, un indépendant. Un de ceux qui nuisent à la lutte des travailleurs. Tel mon dernier, sinon ultime client. Encore une vulgaire gouape qu'il va falloir grimer en victime de la société.

Un beau fourre-tout, la société ! Un sac à malice dans lequel on jette tous les maux et tous les martyrs de leurs propres faiblesses, les laissés-pour-compte du manque de caractère, les malchanceux à répétition.

*
* *

Ils l'ont encore manqué ! Tours, Bracieux, Paris, Colombes, Arcachon. Et demain Paris. à nouveau... Un ancien vainqueur du Tour de France bourré à l'E.P.O. et au Viagra, ce tueur ! Qui sème le peloton à la première occasion, dès le premier col. Elle est belle, notre police !

J'ai bien pensé m'enfuir seul aux Bahamas... ou ailleurs. Mettre entre lui et moi des milliers de kilomètres. À quoi bon ? Ce week-end à Deauville, discrètement organisé, a prouvé qu'il est partout à la fois. Si ce n'était l'idée fixe d'un déséquilibré, je croirais à une organisation.

Samedi matin, lorsque Katia et moi nous sommes descendus au parking, en compagnie de nos deux anges gardiens, nous avons commencé par trouver une rose blanche sur le pare-brise, maintenue par le balai de l'essuie-glace.

Arrivés au Normandy, la première chose aperçue dans notre chambre ? Une magnifique gerbe de roses. Blanches, évidemment ! Le directeur, interrogé, a prétendu n'avoir fait qu'appliquer les consignes reçues par téléphone. Il avait même éprouvé des difficultés à trouver des blanches...

Le salaud, il fait livrer ses fleurs sur mon compte, maintenant !

Il a poussé le raffinement jusqu'à demander aux musiciens de la boîte de nuit où nous étions allés chercher l'oubli de nous jouer *Rose de Picardie*. Le lieutenant Bricourt qui nous accompagnait est formel : l'homme devait être présent dans la salle. Il nous a désignés au chef d'orchestre. Encore une chance, il a donné lui-même le pourboire !

Le lendemain, il ne s'est pas manifesté. Un bon chrétien, qui respecte le jour du Seigneur ! Une longue marche, le froid piquant, l'air marin, l'odeur de l'iode et un plateau de fruits de mer engageant sont venus à bout de mon abattement. J'ai retrouvé mon appétit !

J'ai retrouvé également une enveloppe déposée dans la boîte aux lettres à notre retour. À l'intérieur, une photo de moi marchant le matin sur la plage de Trouville. Remplacez le téléobjectif par une lunette de visée de fusil, il pouvait me descendre comme il voulait, quand il voulait. D'ailleurs, ni ma femme ni les policiers à nos côtés ne figurent sur le cliché. Il n'a cadré que moi. Il ne visait que moi.

Il attend son heure… et cette attente est terrible.

XV

Je n'arrive pas à rester dans le noir. Comme les enfants, il me faudrait une veilleuse. Malgré les cachets, je ne parviens pas à dormir. Et pour cause : j'ai peur de ne pas me réveiller !

J'ai déjà connu ce sentiment, cette angoisse du sommeil définitif. C'était en opération, durant la guerre d'Algérie. J'étais jeune sous-lieutenant d'artillerie, sorti de l'École des officiers de réserve de Cherchell. Pour un premier poste, nous étions gâtés : un piton rocheux en plein djebel. Au pied, un oued que nous devions contrôler à l'aide d'un 40 Beaufort et d'une pièce de 75 sans recul. Et les montagnes pelées à perte de vue. Le désert des Tartares.

Le Dodge et la Jeep, cent mètres plus

bas, marquaient la fin du chemin carros-
sable. Ensuite, pour reprendre le vocabulaire militaire, il nous fallait crapahuter
avant d'atteindre l'étroite plate-forme et le
fort de pierres sèches qu'elle abritait.
Nous attendions l'arrivée de l'hélico
comme le bateau assurant le ravitaillement des îles. Des gardiens de phare au
pied de l'Atlas !

Nous étions cinq Européens et une
douzaine de supplétifs indigènes que le
sergent-chef tenait bien en main. Il était
sous-officier de carrière alors que le radio,
les deux artilleurs et moi étions des bleus,
des appelés tendres comme une jeune
chamelle. Malgré mon galon tout neuf, il
assurait en vérité la marche du fortin.

Une cagna, plutôt. Glaciale la nuit, brûlante le jour. Digne du père de Foucauld !
Mais la poésie des grands espaces déser-
tiques m'échappait. Mes années de droit
assez libertines ne m'avaient pas préparé
à la vie d'ermite. Ni à la peur qui chaque
soir se glissait dans mon sac de couchage.

La même peur viscérale que je
retrouve, intacte, latente. La peur de ne

pas me réveiller. Les raisons ne manquaient pas alors. Le FLN était partout.
Incapable de nous attaquer de front, il
multipliait les attaques de convois, pratiquait une guérilla efficace. Un de mes
copains de promotion a eu le tort de
prendre la place du mort à bord de la
Jeep, près du chauffeur. Il s'est fait descendre d'une balle dans le crâne. Tiens, en
pleine tête lui aussi ! Décidément...

Surtout, le FLN gagnait chaque jour
des partisans dans les villages, au sein
d'une population fatiguée de la présence
coloniale. Nous savions qu'il invitait les
harkis à déserter, à le rejoindre avec leurs
armes. Des tracts avaient été récupérés les
incitant à passer dans son camp sous
peine de représailles le jour de la victoire.
Ils n'en constituaient pas moins des
troupes aguerries, efficaces, fidèles.

Pourtant, quelques rares cas de déser-
tion avaient été signalés. La rumeur cir-
culait qu'un chef de poste avait été
retrouvé égorgé. Rien d'officiel. Des
bruits, amplifiés par l'isolement, l'inacti-
vité, l'ennui ou... l'imagination.

Chaque soir, la même angoisse de m'endormir me gagnait, plus tenace, plus sournoise. J'ai appris à me lever d'un bond, au moindre bruit, le Colt en main. J'ai mis des mois, à mon retour, à retrouver le sommeil.

Et ce dingue qui remet cela, tapi dans l'ombre, comme les fellouzes!

Il n'y a rien de tel que de ne pas savoir d'où vient le danger, de ne pas voir l'ennemi. Ce n'est pas le corps à corps qui effraie, mais l'obscurité de vos fantasmes, le silence troublé par le faible tic-tac d'une pendulette ou par votre propre respiration. Ce soir, j'ai décidé de coucher dans la chambre du fond, mon pistolet sous l'oreiller. Je ne me laisserai pas abattre comme un chien!

*
* *

Malgré son nom, ce redoublement prétentieux digne de l'époque coloniale, Blanc de blanc n'est pas raciste. Ses anciens compagnons de la nuit pourraient l'attester : on trouvait du plus clair au plus sombre, du tigré au mité, parmi ses matous de rencontre. Pourtant, elle n'aime pas le noir dont s'habille son maître, ce soir.

Lui qui harmonise ses cravates et ses chaussettes avec son costume et s'interroge longuement sur la chemise qui convient peut changer de look tout à trac. Sans qu'elle ait pu le deviner, elle qui le connaît si bien. Adieu les couleurs pastel, la nuance claire qui contraste avec le gris souris. (Elle a un faible pour cette dernière couleur, allez savoir pourquoi !) Fini le fil à fil infroissable, le lin si doux contre ses moustaches, le lainage propice au ron-ron.

Il prend un malin plaisir à s'assombrir, à passer du doux au rugueux. Il a choisi une toile de bâche pour cow-boy en mal de Marlboro, de l'acrylique, des chaussures sport... Une tenue de CRS ou de loubard. Allez faire vos griffes — pattes de velours — contre de tels articles ! Une chatte qui partage votre vie, votre intimité, a droit à plus d'égards. On ne peut la traiter comme un chien.

Si encore il s'équipait ainsi pour aller s'entraîner. Mais non. La plupart du temps, il passe à la salle de sport après son travail. Il est donc en tenue de ville. Elle ne déteste pas, d'ailleurs, cette odeur mâle, virile, mélange de sueur et d'eau de lavande, qui imprègne son kimono et son linge de corps au fond du sac.

Non, cette tenue occasionnelle, il l'affectionne pour certaines sorties nocturnes. À l'heure où les chats désertent l'appartement surchauffé, il aime, lui aussi, se confondre avec la nuit. S'il avait été opéré, comme elle, il resterait tranquillement dans son fauteuil, à lui caresser le cou en regardant Arte.

Que peut-elle faire pour le retenir ? Se montrer chatte ? Elle a tout essayé : le ronronnement de plaisir qui flatte le mâle, les deux pattes qui malaxent l'estomac, le ventre qui s'offre à la caresse. Le bide !

Il l'a déposée sur le sofa comme un vulgaire caniche dans son panier.

La porte s'est refermée sur sa déception. Il ne lui reste plus qu'à se venger, à le toucher là où la souffrance est certaine. Ce ne sont pas les idées qui manquent, chez une femelle. Voyons voir... S'attaquer à la paperasse abandonnée sur le bureau? Faire ses griffes contre le fauteuil? Bousculer la pile de disques anciens?

Non! Ce portrait de femme dans un cadre qu'il range ou ressort suivant l'humeur du moment... et devant lequel il rêve, indifférent à la présence d'une chatte attentionnée. Il suffit de monter sur le guéridon, de passer derrière et de le heurter maladroitement. Elle sourira moins en s'écrasant de toute sa hauteur. Après tout, elle aussi, il la laisse tomber.

*
* *

Le silence. Un silence angoissant, chargé de tous les bruits contenus, étouffés, bâillonnés. Mon esprit s'arrache à la narcose, sort d'une brume épaisse comme une langue chargée. En reprenant pied dans la réalité, mon cœur bat la breloque à la seule idée du danger tapi dans l'ombre, dans la solitude de cette chambre.

Je tends l'oreille. Rien. J'ai pourtant bien été réveillé par un bruit insolite. Du calme, Henri! Tu t'en es sorti en 61. Ressaisis-toi. Tu ne vas pas attendre le coup de grâce dans ton lit…

J'ai éprouvé l'envie enfantine de me cacher sous les draps. Je n'ai vraiment rien du héros que l'on a cru bon de décorer, là-bas, devant le regard lourd de reproches de ma section. Enfin, de ce qu'il en restait.

(Cette médaille ajoute sa tache colorée sur le noir de ma robe sans pour autant rivaliser avec celles du procureur Gerfault, un véritable tribunal militaire à lui tout seul.)

Je me lève en prenant soin de ne pas allumer. Ma main a trouvé le Beretta sous l'oreiller. Je l'arme : le bruit métallique semble tenir du vacarme. Je m'immobilise, le cœur cognant comme un vieux diesel encrassé. Le contact de la crosse, bien en main, me rassure. J'avance doucement, m'arrête derrière la porte.

Un silence à couper au couteau. Silence hypocrite que perturbe le bruit de ma respiration. Je voudrais ne plus respirer pour mieux entendre.

Là ! Oui… Je n'ai pas rêvé. On a marché. On marche dans l'appartement. J'ouvre la porte lentement : le fauteuil du policier de service est vide, anormalement vide.

Déserté comme le piton rocheux où je me suis réveillé en sursaut cette nuit-là. Je rêvais qu'ils me coupaient la gorge… Couper cabèche ! Une spécialité locale très prisée. Le démarreur du Dodge, toujours asthmatique, est venu confirmer mes craintes. J'ai bondi, sauté sur le FM, engagé le chargeur et je les ai arrosés. Comme à l'entraînement !

Des cris, des râles, une explosion. Dans une gerbe de feu le véhicule s'est volatilisé avec ses occupants. J'avais gagné la considération de mes chefs, le mépris de mes hommes. Après m'avoir rappelé qu'ils auraient pu tous nous tuer avant de rejoindre les leurs, mon sergent-chef ne m'a plus adressé la parole. Connard! On ne fait pas la guerre avec de bons sentiments.

Et l'autre qui croit que je vais me terrer dans mon gourbi, qu'il me liquidera à la suite des autres inconscients et de mes deux anges gardiens qu'il a dû neutraliser. « L'effet de surprise! Jouez l'effet de surprise », prônait Massu. Il va voir, ce malade, si je suis fini…

Je me coule dans le couloir, guidé par la lumière tamisée du salon. Il y a deux portes avant d'y parvenir. La première, celle de la salle de bains, ne laisse filtrer aucune lumière. Par contre, la cuisine est allumée. Je m'approche lentement, silencieusement. La lumière s'éteint : il m'a entendu! J'attends, le doigt sur la détente. Rien. Il prend son temps. Le jeu du chat et de la souris. Mais la souris est armée. Qu'il montre ses moustaches, le vilain chat!

Sa silhouette se découpe maintenant dans le couloir, s'immobilise en me découvrant. Enveloppé par l'obscurité de la chambre, je ne dois guère présenter une cible bien visible. Ce n'est pas son cas. Tant pis pour lui !

J'ai tiré. Au jugé, l'arme contre la hanche. Il est tombé, une main à hauteur du ventre. L'autre se crispe à la recherche d'un reste de vie.

L'étau de ma poitrine s'est resserré, m'étouffe. Des petits points noirs dansent devant mes yeux. Mon vieux cœur qui fait des siennes...

Il ne va pas s'en tirer quand même ? Mon bras tremble, je tente de l'ajuster, tire une seconde fois. J'ai dû le manquer.

Un cri. Une autre détonation. Le fumier n'était pas seul ! Ils étaient deux, les salauds. Voilà pourquoi... mon épaule explose. Je me retourne contre ce nouvel adversaire, le vise.

Un éclair de feu, une vive lumière blanche, irradiante, dans une spirale sans fin.

*
* *

Maudite sonnerie! Elle ne s'arrêtera donc jamais... Pousse-toi, Blanc de blanc, tu vois bien que je vais t'écraser...

— Barge à l'appareil! Vous savez l'heure qu'il est?

À l'autre bout, la voix angoissée de Grangier, au bord des larmes, comme un gosse :

— Venez vite, patron! Je viens de descendre maître Gaboriau... et Delmas est salement touché.

— Bon Dieu! Tu as prévenu le Quai?

— Non. J'ai tout de suite pensé à vous... après avoir demandé une ambulance.

— Bien, reprends-toi, mon vieux. Appelle-les. J'arrive tout de suite.

C'est le branle-bas de combat au pied de l'immeuble de l'avocat. Les gyrophares du SAMU se font de l'œil avec les feux des voitures de police qui coupent la rue. Les gens sont aux fenêtres.

Barge doit écarter quelques curieux dont l'imperméable ou le pardessus pend sur des jambes de pyjama. L'un en a profité pour faire pisser le chien.

À l'intérieur, deux blouses blanches penchées sur Delmas, allongé sur une civière. Il a le teint cireux, le jeune stagiaire, mais grimace crânement un semblant de sourire en le voyant entrer.

— Alors, petit, tu voulais un arrêt de travail ? Il fallait m'en parler...

Interrogé du regard, le toubib arbore un visage rassurant.

— Allez, en route !

Tandis que les brancardiers l'emportent, il se tourne vers le nouvel arrivant :

— La balle a perforé la partie supérieure du thorax, ressortant de l'autre côté. Pas de grosse hémorragie. Tout dépend de ce qu'elle a rencontré, mais c'est jouable... Je l'ai mis sous perf. On l'attend au bloc opératoire.

Devant la mine sombre du commissaire, il ajoute :

— Il est jeune, il s'en sortira... Ce n'est pas comme votre protégé. Une balle dans l'épaule : rien de mortel. Pourtant, le cœur n'a pas tenu compte de mon diagnostic.

Bon, je dois rejoindre le survivant ! Messieurs…

Il est déjà parti. Barge se retourne. Grangier a l'air d'un gamin pris en faute.

— Ça va, vieux ?

— Ça va, patron.

— Raconte-moi…

— Delmas venait de me relayer, à quatre heures. Je m'étais assoupi sur le sofa du salon lorsque j'ai entendu un coup de feu. Je me suis précipité. Il avait dû aller boire un verre d'eau à la cuisine. Il en sortait lorsque Gaboriau, dans le coltard, l'a flingué sans sommation. Il s'apprêtait à l'achever quand j'ai crié. Il s'est retourné vers moi, toujours dans le cirage, et a fait feu. J'ai tiré d'instinct. Je croyais avoir visé l'épaule…

— C'est bien là que tu l'as touché, en état de légitime défense… Rassure-toi, ce n'est pas toi qui l'as tué.

— Mais ?…

— Je parierais pour un arrêt cardiaque dû au stress, à l'émotion. Notre justicier avait bien préparé le climat.

— Il est vrai qu'il était à bout de nerfs.

Il se gavait de calmants. Au point que sa femme avait préféré aller coucher chez sa mère. Que va-t-il se passer maintenant, patron ?

— Nous allons avoir droit à une enquête administrative de l'IGS.

— Les bœufs-carottes ?

— Oui, mais tu n'as rien à te reprocher. Ce ne sont pas des ogres !

— Ils ne vont pas clore l'enquête ?…

— Nenni, petit ! Dans ce cas, je me retrouverais aux archives… et toi en uniforme à la sortie des écoles. Non ! L'homme à la rose a peut-être achevé le cycle de ses mises à mort vengeresses mais je n'ai pas dit mon dernier mot. C'est maintenant qu'il va commettre la faute de trop. Par orgueil ou par un besoin inconscient de châtiment, dirait le professeur Dalbray. D'ailleurs, il a déjà commencé : nous avons enfin ses empreintes digitales. Il n'est pas fiché, hélas, mais nous détenons là notre première preuve, lorsque nous le coincerons.

— Comment avez-vous eu ses *paluches* ?

— Sur la tablette de chocolat que les anges gardiens d'Hassan ont confisquée à Mohamed, après le crime. Il a fallu la payer au gamin, il menaçait de porter plainte !

— Un tueur que son bon cœur perdra...

— Possible ! Je te jure bien que nous allons l'épingler avant même que Delmas ne sorte de l'hôpital. En attendant, je vais devoir prévenir la veuve, subir les remarques du juge et les assauts des journalistes. Joli programme pour quelqu'un qui venait de se coucher !

L'appartement a pris des allures de tourmente, de raz de marée. Partout l'on s'affaire. Les derniers flashs crépitent. L'un des procéduriers a retrouvé deux des balles tirées sur les policiers. Il marque leurs impacts d'un cercle rouge sur la tapisserie rayée empire du salon en pestant contre les gens de la balistique qui doivent achever leur nuit au fond de draps douillets.

Le médecin légiste n'a pas l'air plus

frais que son client qu'il examinait, désabusé. Il se redresse, hoche la tête :

— C'est assurément un arrêt cardiaque
étranger à la blessure. La balle n'a fait que
traverser proprement l'omoplate droite,
au niveau deltoïdien. Aucune trace d'hémorragie. Le projectile a précédé de peu
la mort ! Pour plus de détails, reportez-
vous à mon compte rendu habituel. Vous
pouvez faire enlever, si vous le désirez.

Barge se tourne vers les hommes de
l'Identité judiciaire :

— Vous avez tout relevé avec soin pour
l'enquête de l'IGS ?

— Oui, commissaire. Pour nous, c'est
OK.

Il s'adresse alors aux deux blouses
blanches inoccupées :

— Allez-y ! Direction l'Institut médico-
légal...

Grangier va mieux puisqu'il conclut, en
guise d'épitaphe :

— Sûr qu'il aurait aimé entrer à l'Institut, maître Gaboriau !

XVI

L'attente dans la maison du gardien n'a rien de la mise en scène spectaculaire du GIGN mais elle offre l'avantage d'offrir un abri contre un fichu temps de saison obstiné. La pluie s'acharne à endeuiller cette journée et Grangier réalise que les allées d'un cimetière constituent un paysage qui doit peser sur l'esprit de ceux qui occupent un tel logement de fonction. Surtout lorsque les feuilles mortes réclament leur droit à une sépulture. Il ne peut s'empêcher de penser tout haut :

— C'est pas gai...

— Bof... Nous, on est habitués, rétorque le gardien qui roule une cigarette avec cette étonnante boîte à soufflet des années quarante. Une pièce de musée à l'ère du téléphone portable. La revanche du tabac à rouler !

Eux, au moins, sont calmes. ajoute-t-il en désignant de la tête les défunts sous la pierre. C'est pas comme mon beau-frère qui vit dans une cité pourrie où l'on dort pas avant une heure du matin. Et puis, ici, y a toujours des fleurs... Vous n'aimez pas les fleurs ?

— Si, mon adjoint a un faible pour les roses ! Nous sommes venus pour cette unique raison. Nous attendons le livreur...

On peut être gardien de cimetière et cultiver son jardin secret. L'homme hoche la tête, en connaisseur. Il allume une seconde fois sa clope trop mouillée et les quitte sur un :

— Bon, c'est pas le tout, mais j'ai pas qu'ça à faire. Fermez bien la porte en repartant, y fait pas chaud dehors !

L'ondée s'est calmée. La gouttière essore ses dernières grosses gouttes. Barge est désespérément calme. Les mains dans les poches de son pardessus, il fixe à travers la vitre embuée un convoi de gouttelettes sur le fil du téléphone.

— Vous croyez qu'il viendra, patron ?

— Oui.

La réponse est tombée, laconique, comme sans intérêt. À croire qu'ils ont rendez-vous, tous les deux !

Leur présence dans cette pièce tient du vieux polar. Maigret et Janvier en planque… Barge n'a pris aucune mesure de surveillance complémentaire, de protection éloignée. Pas une voiture de détection dans les parages. Avec un client qui se joue d'un château comme d'un HLM et tue en France comme en Navarre ! Il l'attend, les mains dans les poches, sans chercher le moins du monde à se dissimuler. Est-il seulement armé ?

Il a senti les tourments de son adjoint et entreprend à voix basse un monologue :

— En venant sans aucune précaution à l'IML déposer une rose sur le corps de sa dernière victime, il n'a fait que continuer à jouer au Petit Poucet. Il savait que nous avions ses empreintes, que nous ferions établir un portrait-robot par l'employé de service. Il sait que nous sommes là.

D'ailleurs, le voilà...

Comme au théâtre! Le personnage a surgi au fond de la scène, s'approche lentement vers la lumière. La pluie a repris, ramenant le gardien à l'abri. Noyée dans la grisaille, la silhouette reste floue. D'un pas tranquille, indifférent aux éléments, l'homme s'avance, un bouquet à la main. Les deux policiers n'ont d'yeux que pour ces fleurs grossièrement enveloppées dans un journal.

— Des Adélaïde d'Orléans, les dernières..., murmure Barge.

En passant devant la maison du gardien, l'homme tourne la tête, soulève son chapeau et continue son chemin. L'averse tisse un écran serré, opaque. On dirait...

— Vous croyez qu'il nous a vus, patron?

Barge ne répond pas, hypnotisé par ce dos voûté qui se perd à travers les allées. Le gardien croit nécessaire de préciser, afin d'éviter une erreur judiciaire :

— Oh! cet homme-là, je le connais

bien. Un fidèle ! Il vient régulièrement sur une tombe de l'allée G 13.

— Devant le caveau de famille des Girard, de Geneviève Girard... Nous avons vérifié sur votre registre.

— C'est possible... Il a toujours des roses blanches. Un monsieur poli et pas fier.

— Sûrement ! Eh bien, merci de votre hospitalité. Allons-y, Grangier !

On est loin de la fièvre exaltante de certaines arrestations. Est-ce le cadre ? Ils semblent suivre un enterrement. Ils s'avancent à leur tour entre les pierres tombales.

Là-bas, l'homme s'est arrêté devant une tombe de granit. Il se penche, retire d'un vase des fleurs fanées qu'il enveloppe dans son journal, les remplace par son bouquet. Il se dirige vers le bout de l'allée, jette son paquet dans une poubelle et revient, un arrosoir à la main.

Il les a vus. Il ne peut pas ne pas les avoir vus. Ils sont à cinquante mètres. Il n'a pas bronché. Pas plus que Barge. Cal-

mement, il remplit d'eau le vase, dispose
les roses avec soin, nettoie le rebord de la
jardinière et se redresse. Les mains croi-
sées sur le ventre, il s'accorde un dernier
entretien avec la disparue. Puis il tourne
la tête dans leur direction.

Son salut de la main gauche s'est voulu
cordial. L'autre main a plongé dans sa
poche de pardessus. Elle en sort une
arme. Grangier a voulu l'imiter. La main
du patron, impérative, s'est crispée sur
son épaule.

Le coup de feu s'est dilué dans l'atmosphère surchargée d'eau. Le corps s'est
vrillé, tombant au ralenti sur la pierre qu'il
semble étreindre. Dans sa chute, les fleurs
se sont renversées. Il y a du sang sur les
roses.

Mon cher Barge,

Lorsque vous lirez ces lignes, vous aurez l'amère satisfaction d'avoir résolu L'AFFAIRE DU TUEUR À LA ROSE, comme l'ont baptisée les journalistes.

J'aurai celle d'être allé jusqu'au bout, n'y prenant aucun plaisir, n'en éprouvant aucune jouissance perverse. Il le fallait.

Une partie de nous-même meurt avec la personne aimée disparue. Ce n'est pas vous qui me contredirez. Vous êtes un solitaire, vous aussi, et ce n'est jamais gratuit ! J'ai pratiqué la vengeance comme un devoir. Telles ces générations de femmes qui se sont enfermées dans le veuvage, noires silhouettes déambulant dans un cimetière à la recherche d'un arrosoir. Je n'ai aucun regret, sinon d'avoir bien involontairement risqué la vie de votre sympathique stagiaire et entraîné la mort de ce malheureux Duchemin.

Je suis satisfait d'avoir appris le prochain rétablissement de Delmas et de vous avoir évité de peu des titres à sensation du genre : MEURTRE AU PALAIS, LE TUEUR SE JOUE DE LA PJ, QUE FAIT LA POLICE? J'avais en effet prévu, si mon harcèlement psychologique ne venait pas à bout de son vieux cœur, de tuer maître Gaboriau dans le vestiaire des avocats. Tout était prêt, fort réalisable dans ma situation. L'arme se trouvait déjà en place dans son propre casier.

Je sais que vous avez deviné une grande partie de l'histoire et vous remercie (à l'avance, au moment où j'écris ces lignes !) de m'accorder ces derniers moments de mon existence où il convient de tout mettre en ordre avant de disparaître. Je tiens pourtant à m'expliquer car la loi du talion se solde finalement par une frustration.

Je croyais, à quarante ans, m'être installé dans une définitive solitude sentimentale, à l'image de millions de personnes qui n'attendent plus rien en ce domaine. L'abandon d'une épouse pour un moniteur — si beau dans sa tenue de l'École du ski français — m'avait laissé amer, sinon éploré. Mon travail, la musique, mon chat (moi aussi !) et quelques aventures de passage suffisaient pleinement à occuper le célibataire que j'étais redevenu. Pour les vacances, il y avait le Club Med ou Clio, selon les impératifs du moment. La consolation de savoir qu'un mariage sur trois s'achève par un divorce m'avait vacciné, guéri même. Je me sentais à l'abri de toute nouvelle épidémie affective, de tout virus sentimental.

Rien de tel, sans défense immunitaire, pour être durement frappé !

Elle était aussi sage, belle, fragile, introvertie, que l'autre était garce, sexy, solide, extravertie. Le contraste m'a terrassé. La quarantaine est un mauvais âge, Barge...

Un collégien sur le retour, amoureux d'une étoile ! Voilà ce qu'elle a fait de moi. Sans intention, sans chercher à me plaire. Geneviève Girard traversait la vie sans trop regarder devant elle, se cognant à droite, à gauche, avec une candeur naïve, désar-

mante. *La mort de ses parents l'avait laissée seule, à l'abri des besoins financiers
mais non de la solitude. Elle s'était repliée
sur elle-même, dans son cocon. Tout était
intérieur, chez elle, profondément refoulé.
Ses joies, ses peines, ses sentiments. Y
compris sa beauté.*

*J'ai mis deux ans pour parvenir à lui
prendre la main, à la garder pendant nos
promenades. Dans un monde où prime le
sexe, où il s'étale sur nos écrans, sur nos
panneaux publicitaires, sur nos ondes, je
l'aimais d'un amour épuré, sublimé,
absolu.*

*J'avais franchi lentement les degrés de
voisin, de compagnon de sortie, de grand
frère puis d'ami. Il me fallait éviter le piège
de devenir le nouveau père, je le sentais,
pour atteindre patiemment le grade
d'amant, plus sûrement de mari. J'avais le
temps. Je l'aimais. Ma constance l'avait
vaincue. Elle m'aimait. Beaucoup... Profondément.*

*Autant d'adverbes qui feraient sourire
plus d'un. Je sais que ce n'est pas votre cas.
Que l'affection d'un Blanc de blanc ne rem-*

plit pas suffisamment votre solitude pour vous montrer sévère avec un autre solitaire de dix ans votre aîné.

Le drame a éclaté quand je me trouvais en stage pour un an près de Lyon. Trois jeunes voyous l'avaient entraînée contre son gré chez l'un d'eux alors qu'elle venait de garder la fillette d'une collègue. Ils l'avaient droguée, enivrée, puis avaient abusé d'elle, l'avaient souillée. Le viol n'est pas seulement physique, il est autant moral. Il nie votre propre intégrité, votre libre arbitre. Il est le mépris de votre droit d'exister. La victoire de la force sur l'esprit.

En apprenant leur horrible méfait, j'ai compris que je devais les éliminer.

Mes humbles mots n'ont été d'aucun secours auprès d'elle, à qui je ne pouvais rendre visite qu'aux week-ends. Il a fallu l'hospitaliser en service de neuropsychiatrie. Je l'ai vue peu à peu redevenir une petite fille, une petite chose craintive. Le psy m'a parlé de rétro-infantilisme. Elle en est venue à m'appeler « papa ».

Lors du procès, j'ai entendu le défenseur de ces ignobles individus mettre en doute la notion de viol, parler de consentement inconscient, se gargariser de termes freudiens pour déshonorer à nouveau leur victime. Quand, à l'énoncé d'un odieux verdict de clémence, le trio est tombé dans les bras de maître Gaboriau dont le sourire fat toisait le prétoire, j'ai réalisé qu'il serait la quatrième victime de ma propre justice.

La décision m'a paru aussi simple que le choix d'un film sur les Champs-Élysées ou d'un plat sur un menu. Qu'on ne me traite pas de psychopathe ou de psychotique, ce serait nier ma responsabilité ! Elle est pleine et entière.

Un mois plus tard, Geneviève a découvert dans un magazine oublié par un visiteur le compte rendu du procès, avec sa photo. L'enfant qu'elle était redevenue, savait encore lire, comprendre parfois. Et réfléchir. Elle est parvenue à se donner la mort malgré les précautions d'usage dans son service.

Nous n'étions pas nombreux à son enterrement. Seul le ciel pleurait. Ma haine, moi, me soutenait. Durant toute la cérémonie, j'ai mis au point ma vengeance. Méticuleusement, techniquement, j'ai envisagé toutes les possibilités, pesé les difficultés en connaisseur. Je ne pouvais risquer de me faire prendre avant d'avoir achevé ma mission.

Ma haine m'a nourri, Barge. Elle m'a évité de crier ma douleur, d'évoquer nos souvenirs, de hurler mon amour. La vengeance a occupé mes jours, occulté mes nuits. J'avais choisi un poste en province. Je ne tenais pas, à Paris, à me heurter continuellement à des lieux où Geneviève et moi étions passés en amoureux.

Lorsque le moment de la levée d'écrou de mon trio a commencé à poindre, j'ai sauté sur l'occasion. Le meurtre d'un vieux notaire véreux, pour une banale raison de détournement d'héritage (vous trouverez facilement, Barge!), m'a permis de créer ma signature. Une rose blanche. De celles que je cultive dans mon jardin, que je portais à l'hôpital, que je porterai encore au cime-

tière, autant que vous m'en laisserez l'occasion.

Il m'a été facile de la glisser sous la main
de maître Praquin.

À tout seigneur, tout honneur : la
deuxième rose (la première de ma vengeance, en réalité !) était réservée à Hugues
Desforges. Libre de mon emploi du temps,
sans néanmoins sacrifier mon travail, je
suis allé préparer la réception de ce fils à
papa dès l'approche de sa libération.
Déguisé en technicien de France Télécom,
j'ai installé une table d'écoute et fait
connaissance avec le domaine de Hauterives. Je savais qu'il aimait cette demeure
familiale, qu'il y reviendrait tout naturellement en sortant de prison. Le lendemain
même, il y annonçait son retour.

J'ai opéré à chaud. La réflexion ne doit
pas freiner la main. M'introduire par la
cave, repérer la chambre, réduire au silence
ce désaxé, ivre mort, ne fut qu'un jeu. Tout
comme son exécution, qui ne m'a aucunement soulagé comme je l'espérais.

Il ne restait qu'à prévenir un journaliste de la présence d'une rose blanche dans la main de la victime, à l'instar de maître Praquin. Le scoop a porté. Toute la presse a foncé dans cette direction. Le Tueur à la rose était né. La fausse piste en place, qui allait vous dérouter tant ces deux meurtres étaient étrangers. Vous sentiez confusément que cette rose ne signifiait rien, mais seul l'assassin pouvait être au courant. **Pourquoi aurait-il signé un crime qui lui était étranger ?**

Ma deuxième exécution a fait la part belle à l'improvisation. J'ignorais où habitait Chappuy depuis sa levée d'écrou. Je l'ai repéré à l'enterrement de son patron, attendu sur le parking, suivi dans ma fourgonnette louée sous un faux nom.

Une petite frappe sans envergure, ce garçon. Je l'avais pris en filature : je n'ai eu qu'à réagir au bon moment. Comme il quittait précipitamment l'auberge en oubliant de payer, je l'ai sorti du pétrin pour mieux l'y replonger quelques kilomètres plus loin. Sans plus de satisfaction !

J'ai préféré le ramener dans votre secteur afin de retarder les recherches, multipliant ainsi les juridictions sur l'affaire, et rentrer au plus vite. Et par jeu, peut-être, pour braver les hommes du Quai des Orfèvres. Le choix du square voisin du 36 m'a paru tout indiqué. La presse l'a confirmé.

Plus difficile a été le problème Hassan. S'introduire dans un HLM sans se faire remarquer n'est pas si évident. Opérer sous la surveillance de vos hommes, en outre, tenait du défi. Je sais me montrer opportuniste et agir rapidement. L'échec des trafiquants de drogue, la veille, m'a beaucoup aidé. La brèche était ouverte, je m'y suis engouffré. (Toujours sous l'uniforme des télécoms, moi qui n'ai pas acheté d'actions lors de leur privatisation!)

Je vous accorde que cet Hassan était loin d'être aussi antipathique que ses deux prédécesseurs. Il n'empêche que, sans sa marchandise, ces derniers n'auraient peut-être pas laissé libre cours à leurs instincts. La drogue supprime les dernières barrières morales, sociales.

Et puis je ne pouvais plus reculer, je n'en avais plus le droit. La présence de ce gamin, dans la cave, a pourtant ralenti mon bras. Je ne voulais pas qu'il fût témoin du meurtre, ni qu'il pût alerter vos hommes. J'ai limité les dégâts. Il ne m'en a pas voulu.

Le cas de Robert Duchemin m'a autant surpris que vous. Une autre affaire de cœur qui retardait la conclusion de la mienne. J'ai retrouvé sa trace grâce à sa mère. Je comptais le mettre hors jeu, non le tuer. Il m'a tiré dessus par deux fois, me logeant une balle dans l'épaulette de ma veste. J'ai dû tirer à mon tour. Histoire de brouiller les pistes, j'ai remplacé son 357 magnum par le 7,65 avec lequel j'avais tué Chappuy.

Restait maître Gaboriau, le morceau de choix. Dans ce monde où la vie n'est plus guère respectée, j'ai de l'estime pour les défenseurs de tueurs en tout genre. À condition qu'ils ne salissent pas leurs victimes ! Sa joie impudique et sa fatuité lors du verdict l'avaient condamné.

Je me suis employé à le démolir psycho-

logiquement, à saper sa confiance. Sous ses grands airs, il devait être un pleutre. J'ai créé autour de lui un climat d'insécurité, distillé un sentiment latent de peur diffuse. L'insomnie et les neurodépresseurs ont fait le reste.

Dans le feu de l'action, j'ai pris des risques. J'ai pénétré dans son parking, j'ai passé vingt-quatre heures à Deauville, me grimant de crainte de rencontrer vos adjoints... ou vous-même. Gamin, j'adorais me costumer.

Le cœur de notre brillant avocat m'a dispensé de mon dernier crime. On peut tuer moralement.

J'ai tenu à signer une dernière fois mon acte, à la morgue. Une fois de trop, bien sûr. Peut-être par « besoin inconscient du châtiment », comme on l'apprend dans les anciens manuels de criminologie. Par lassitude, surtout. Parce que tout se paie, dans la vie, finalement.

J'ai eu grand plaisir à vous connaître, à vous sentir sur ma trace. On ne joue bien qu'avec un adversaire à sa taille ! Je suis sûr que vous me laisserez le choix des armes, le mot de la fin.

Cordialement, votre collègue,
                    Jacques DELBART.

FIN

LE PRIX DU QUAI DES ORFÈVRES, fondé en 1946 par Jacques Catineau, est destiné à couronner chaque année, **sur manuscrit anonyme**, un roman policier en français, décrivant les modalités de fonctionnement de la Police et de la Justice françaises.

Le montant du Prix est de 5 000 F, remis à l'auteur le jour de la proclamation du résultat par M. le Préfet de police. Le manuscrit retenu est publié, dans l'année, par la Librairie Arthème Fayard, le contrat d'auteur garantissant un tirage minimal de 50 000 exemplaires.

Le jury du Prix du Quai des Orfèvres, placé sous la présidence effective de M. le Directeur de la Police judiciaire, est composé de personnalités remplissant des fonctions ou ayant eu une activité leur permettant de porter un jugement sur les œuvres soumises à leur appréciation.

Toute personne désirant participer au Prix du Quai des Orfèvres peut en demander le règlement à :

M. Éric de Saint Périer, secrétaire général du Prix du Quai des Orfèvres,

53, rue de Babylone, 75007 PARIS (01 47 05 87 84).

La date limite de réception des manuscrits est fixée au 15 avril de chaque année.

Ouvrage réalisé en Aster
par Dominique Guillaumin, Paris

IMPRIMÉ EN FRANCE PAR BRODARD ET TAUPIN
1390V-5 - Usine de La Flèche, le 10-11-1998
N° d'édition : 2084 – Dépôt légal : Novembre 1998
35-17-0337-01/2
ISBN : 2-213-60137-2